U0484261

文学之都
未来诗空

葱茏

胡弦 著

江苏凤凰文艺出版社

图书在版编目（CIP）数据

葱茏 / 胡弦著 . -- 南京：江苏凤凰文艺出版社，
2023.1
（文学之都·未来诗空）
ISBN 978-7-5594-7231-1

Ⅰ.①葱… Ⅱ.①胡… Ⅲ.①诗集—中国—当代
Ⅳ.① I227

中国版本图书馆 CIP 数据核字 (2022) 第 203233 号

葱 茏

胡 弦 著

出 版 人	张在健
选题策划	于奎潮　陈　武
责任编辑	孙楚楚
特约编辑	朱　莹
责任印制	刘　巍
出版发行	江苏凤凰文艺出版社
	南京市中央路 165 号，邮编：210009
出版社网址	http://www.jswenyi.com
印　　刷	三河市华东印刷有限公司
开　　本	880 毫米 × 1230 毫米　1/32
印　　张	5.75
字　　数	112 千字
版　　次	2023 年 1 月第 1 版
印　　次	2023 年 1 月第 1 次印刷
标准书号	ISBN 978-7-5594-7231-1
定　　价	48.00 元

江苏凤凰文艺版图书凡印刷、装订错误，可向出版社调换，联系电话 025 - 83280257

目录
contents

葱茏

001	一根线
006	古老的事物在风中起伏
017	小巷记
022	伪叙述
027	九宫山
030	长江轮渡桥旧址
033	劈　柴
039	雪
055	北方谣曲
062	黑白相册
079	葱　茏
092	青　绿

106	江南小令
116	冬天的阅读
121	湖畔散步记
124	翠云廊
129	捉　月
133	藏地书
141	发辫谣
158	蝴　蝶
173	鼓

一根线

一根线打个死结,在那里,
有句说过的话要求被记住。

一根线走走停停,
后面的,不知前面发生了什么事。

一根线出现在太多的地方,一段
成了另一段的游子。

在两段之间
某个需要确定的位置,剪刀
说出诀别词。

一根线并不缠住什么,它穿过,
毫无威胁地
绷紧。

一根线一根线一根线……
它们编织在一起,
但并不代表任何秩序。

一根线能做什么?
在一块布里。

一根线牵着梦,另一根
牵着梦的补丁。
在狭长的道路上,
有蚂蚁的铃铛,开来开去的班车。

一根线是直的,
我们的目光是直的。

一根线是直的,
它是弯曲的总合。

一根线安静,
风在吹,女巫在抄写咒语。

一根线穿过书脊,

以防有人从故事里溜走;
一根线穿过文字、笔画,
带着爱情里的针尖和缝隙。

一根线软弱,
涟漪垂下手指;
一根线强硬,
身影闪现,语言消失。

一根线即将开始,
我们把衣服穿在身上。

一根线已完成,
它同时是床、驿站、婚约上的字迹。

一根线穿过黑夜,带着大地
和没有方向的河流。
在它转弯的地方,
停着已被放弃的船。

一根线断了,
浪涛消失了;

一根线断了,
头颅也断了。

一根线的影子晃来晃去,
阅读者沉睡,灯光
在代替他散步。

一根线柔软,
发条像个玩笑;

一根线落满灰尘,
疾病像个借口。

一根线穿过事先画下的图案,
它仿佛有一个虚拟的家。

一根线像个赌徒,
筹码的心跳;
一根线像个旅客,
地图的人质;

一根线在思考,

光线颤动。
一根线,黑的是光阴,白的
是逝去的光阴。

一根线焦虑、苦恼,
衣服在起皱;
一根线走得太远,
丢掉了祖国。

一根线是真理,
原谅了所有的谎言和尖叫;

一根线沉默,
对应我们滞重的身体。

一根线自己缠在一起,看上去
像一团乱麻。

它穿过象征的丛林,
摒弃了向导、隐喻。

2002 年 8 月

古老的事物在风中起伏
——徐州汉画像石读记

百戏

北风吹。鸟兽起身。
……古老的事物在风中起伏。

九尾狐：蓬松的毛发，
常青树：卷送的绿音。

门吱呀，兽惶恐，木桶腐裂，
一个人
体内的废墟轰然倒塌……

弄蛇的人，
脊背在落日下闪金光。
疯狂舞者，
灵魂碎成了一地花纹。

南风吹,大地浩荡,
家园被歌谣和水袖缠绕。

而在一块石头的深处,
车马疾驰。
隆隆鼓声正被运往远方。

伏羲女娲

他们来自黑暗,鳞片
吐露熹微蓝光,
喷涌的激情、欢乐……
——是交媾和生殖在闪闪发亮。

复沉入黑暗。幸福
在其深处温热奔涌。
河流汩汩,骨节和血液发出回声。

露水洒遍:
子民与后代回到疲倦村庄。
土壑安静,艾草返青。

阙

为这雄浑之父准备好塑像,
为这精神之父。

家园:宫殿,广场,旷野……
这灰青的父亲,暴烈之神
已从岩石中挣脱出来。

让他俯视北方,复用我们的暴烈
使他安静。
复用酒,觽箓,铁马,梦幻……
让他注视:健儿向北,向西,
一日千里,
赢得不世功勋,或者,
一去不回。

狩猎

东山,
弓弦振落了露珠。
清新的鹿撞见清新的死亡。

东山,
又一些年代又一些猛虎。
死亡的斑斓花纹缠绕,
岩石碎裂,绵羊卸下倔强的大角。

黑蓝之夜,
父亲睡意全无,
将闪亮的胆传给钢叉和儿子。

车马

沉重之物飞翔。秋风中
一个人长成,
用车轮和辚辚的音响长成。

轺车,辎车,大车,急骤马蹄,
铆钉扎在体内。
这疼痛撞击的旅程,
木纹在坚硬的颠簸中荡漾。

阡陌旋转,大地席卷,

面色安详的人,
心中正滚过旷世雷霆。

乐舞

——长袖,细腰,
乐调轻扬。
有人来到长安,
有人正从遥远的长安离去。

乐调轻扬,一条路
已经从地面来到空中。
……有人越走越细,有人
越走越宽。

如果长袖再长,腰
将不复存在。
……有人曾化作遒劲线条,
但已在一场大梦中
松弛下来。

且歌且舞,有人

正把自己的躯体甩在身后。
她们崇拜过
黑色幻影,但现在
正一点点变白。

在那白色深处,一场雪
越下越大。

力士

第一个,手持剑盾挥舞,浊浪滔滔,
排开
空中的寂静。

第二个,驯虎,
用鞭子
教会一颗火焰的心安静。

第三个,拔树,
咔嚓一声,
多少病夫为之拦腰折断。

第四个,倒背野牛归来,
脚步声在大地上传递。

第五个,头顶石臼,
第六个,挟鹿肋下(鹿为活物,似生擒),
第七个,怀抱罐状重物。

我还知道那没刻出的第八个,第九个,第十个……
哦,这些巨岩之子,
血脉偾张,
他们已涉过暗夜和朝代,
带着黑铁劲力,
走下晨焰灼动的山岗。

纺织

古老的乡村,庭院,
朴素的苦楝树。
平静而缓慢,
像我们曾经历的某一天。

桶里的水冒着烫热蒸气,

织机传送清脆梭声。
缫丝、调丝、纺线……
纺好的丝团悬挂在檐下。

几个人,
也许可以代表更多的人。
轻盈线丝,
隐约浮现的劳动之重。
无限欢乐、苦辛……
一阵风吹过,
多少蚕儿睡去,
多少少女长成了美丽的妇人。
弯下腰来,
又一批丝绸流过穷人的手指。

庖厨

汲水,烧火,切菜,饲马……
富足之家:盆、豆、盘、钵,
墙上悬挂着鹿、鱼、鸡,
一只羊捆好了四蹄。

井台方方正正,大瓮沉默,
剁肉的声音还在继续。
出游的人即将回来。

微蓝黄昏,狗眼微蓝。
深深庭院,
身体内外的灯火与香醇。

只有无所事事的拴马桩,
因过度兴奋而有了倦意,慢慢
沉入自己的阴影里。

西王母

应该喜爱西王母,
她现在是一位美丽的少女。

应该喜爱羽人、青鸟、玉兔,
喜爱这和蔼可亲的神。

西王母多么美,仿佛
把所有少女的美加起来才比得上她的美。

轻灵、美艳、矫健。
神仙们年轻,
仿佛青春再来,暂时放弃了
内心之恶那蠕动的节奏。

炎帝升仙

倒退。遇见青鸟迎面飞来,
遇见青色的幻影和追问。

仿佛梦在倒退。遇见
吴刚、青铜斧、蓊郁桂树。

遇见凤:冠羽绚烂,
遇见晚霞:灿美,沸腾,照耀,
遇见神牛:它口衔灵芝,
因而也衔来了大地的安宁。

而最后遇见的是这个人:
他头戴斗笠,手执耒耜,
他是全天下的王,同时

也是个灰扑扑的医生和农夫。

龙凤

那时,凤
还有点丑,
尚未被繁琐的图案缠绕,
像偶尔飞过我们头顶的某只鸟。

那时,龙刚刚学会飞腾。
青龙、虬龙、应龙、夔龙。刚刚
被区分出来。

那时,梦朴素,
初婚异美,大地和天空
呈现的景象完全不同。

2003 年 1—3 月

小巷记

是的,仍是那条巷子,
仍是那些铁门、老墙、玉兰树。

是的,没有这些我也能
借助梦境找到这里。

某个忘了的细节
会突然出现,给记忆以惊喜。

做过你照片背景的紫藤花,
仍有无声、优雅的外形。

是的,那些路灯的长脖子,
在白天确实有点傻,
这是有人喜欢夜晚的原因。

香樟树葱郁,

围墙边掉落的白色花瓣,
像你说话时偶尔使用的语气。

但我并不担心,
忍冬的枝条披拂,又浓又密,
已用小瀑布对此作出修正。

是的,我不理解悬铃木的语言。
也许它根本就没有语言。

不能做线索,檐下,
紫藤花穗垂下来,摆来摆去。
而花园的铁栏杆,又粗又硬,
不像我们熟悉的任何旋律。

巷子上空是不变的蓝,
也是那彻夜难眠的蓝。

夹竹桃开花,接着是漫长的绿。
这被认为是有毒的。

在我们的想象之外,

甲虫,在搬运大过它需要的东西。

电线从未割裂过天空,
它只割裂时间。
是的,电流对沉默的领悟力,
超过了火花和暮色。

不可能有你眼睛里的那种光了。
不可能有比花蕾更好的纽扣。

要回忆你的笑,
也无须借助反光镜的帮助。
但打开海棠花瓣,
仍需要铜锁的咔嗒声。

我知道那裂纹,
知道无法医治的伤口。
是的,梯子一直有紧张的声线,
马头墙承担过陌生的使命。

是的,小花坛的菱形,
一直以来都事关重大。

曾存在于意识中的不安的未来，
包含了今天那荒疏的内容。

如果真的存在一个结局，
走廊的两头，会不会都想
先于对方进入其中？

灰尘太小了，没有核心。
幻觉，碰到什么什么就变形。

一条小巷也许
和庞大的宇宙是相同的东西。
——但它们互不理解。

在风的眼中，月光空旷。
在梦的深处，
多少刹那死于射线的本性。

鸢尾花在绿荫上回旋。
是的，欢乐留意到它的倒影时，
悲伤才慢慢苏醒。

鸟儿从清晨飞过,
白色的雾气无始无终。

2006 年 4 月

伪叙述

1
集体的黑夜,个人的梦。
赌博,是一群人
围着一只骰子,争夺从滚动中
掉落的光。所以
便溺者、吸毒者、伴当、皮条客……
彻夜都在买进。卖掉的
是钟表的节奏。
"只要有人醒着,那些夜晚就是
危险的夜晚。"
下半夜稍微安静了些,于是
传来了一个人的跑步声。
关于他,有人说是先知,因为
大树一直在晃个不停;
也有人说,他不是到来,而是离去,
在郊外,他曾停下来饮水,
饮下一条在水中睡眠的星系,

然后,他追随那星系,
消失在宇宙深处……

2

钟敲六下,老虎起床,占
假山为王。而在
溪谷深处,蜂巢像个幼儿园,装着
斑斓虎纹,和嗡嗡声。
"我们该去哪里?"七点钟发问的人
转眼变成了鸡蛋上的裂痕。
的确,八点是半生不熟的,九点
是现在的,一大群孩子
游戏在吵吵闹闹的比喻中。
到了十点他们就老了。
十点,可以去死的时辰;
雕塑完成,可以下雨的时辰。
一枚袖标,一只鸟,
构成下雨和不下雨的总和。
十一点,往事中吊着某人的影子,
那里,像一口深井,已非
记忆所能及。

3

十二点我们看新闻，
冰岛沉默，火山喷发，
巧舌如簧的演讲家滞留在机场。
十三点我们谈论股市、自我的
解体，以及
经济学里的某个公式，正给
癌细胞派送的完美讲义。
十四点的产房内，雪白如天堂，
除了婴儿在哭，其他人都在笑，
两片幼小的肺，
开始承受磁盘、铁器、消毒剂，
和身着丧服的苍蝇。所以，
生不是开始，死，也非结局；所以，
被遗弃多年的旧衣服，
仍在寻找逝去的人。
十五点，总统约会，在名叫国家的大床上。
十六点，考古学家离异，
他爱上了两千年前的美女。
十八点火车到站，人群散去，
报纸里的人寻找新的座位。
十九点，小偷也累了，偷来的东西

又被黑暗夺去，唯有一帖疼痛
还在手上，还来得及
安装到自己的膝盖里。

4
到了二十点，雾
是无效的，长着一张吓人的脸的人
是无效的。
二十一点，讲故事的人不再
依赖语言，而是
依赖嗅觉和摸索。被摸到的某个人
是扁的，像书签一样插在纸里。
二十二点，失眠的啄木鸟在房间里飞。
当它离去，剩下的人
都松了口气，把自己当成了幸存者。
而真正的幸存者
像黑暗中的楼梯，潜伏于
某座楼房内部的转折处。
二十三点，灯火如白血球、红血球。
零点，皮肤像干燥的天气，连接
明天的路，同时拐向
通往昨日的门。

——又是这样空荡荡的时刻,
镜子里,所有的光线
都已被拿走,谁这时
一脚踏空,就会掉进去,
彻底消失。

2006 年 12 月

九宫山

1
荒草起伏。破碎石块
在收拾没有主人的心跳。是什么
在黎明前的鸡鸣中停步,
不再重回尘世?

又是春天,又是落日如丸药的春天,
——唯有假设的深渊是无害的。

2
遗恨如腐叶的霉味。
图案、楹联,都在释放出毒素。

又是春天,远望者有一颗迷宫的心。
——我们再次来到叙述深处,发现
许多片段已提前脱落。

山势紧锁,纸上的人
正与纤维为伴。
——所有结局都只是阅读的产物。
命运,最喜欢拿大人物开玩笑,
一部大戏,
唱到中途就更换了主角。

3
又是春天,暖流浩荡而典籍中
黑暗深埋。马嘶、号角、萤火虫的
明灭深埋。痛苦在翻腾,
没有方向的亡灵

从不曾得到真正的平静。翻阅的手
被折断的矛刺伤。
模糊的队列经过,没有一个页码
能让他们再次安顿下来。

4
又是春天,又是
燕子、花布和烧酒的春天。
除了死亡,生命何曾有另外的结局?

牛迹岭、皇躲洞……都是光阴的脏器。
朝代,会在埋葬它的地方偶尔醒来。
——松涛阵阵,我们得到的,
仍是与声音完全不同的东西。

5
又是春天,有人在山谷里栽种火苗。
锈迹斑斑的月亮,
在天宇中咬紧失血的嘴唇。

野蒿是丢弃已久的词语。
——诠释之外,民谣之外,
并无新的路径出现。

又是门枢缓缓转动的春天。
苍茫,仍是被关在门外的东西。

2007 年 2 月

长江轮渡桥旧址

1
无限江山,
留铆钉一排。
逝水逝水,
携螺丝三粒。

刚开始时,
它们咳嗽不停。
天长日久,
无药而愈。

2
那时它年轻,
好臂膀,
好力气,
送火车过江,
送戏子过江,

把一对私奔的小人儿，
送给乱世。

3
城北春暖，好风吹，
鹧鸪丢了翅膀。
老木头，
老钢铁，
粗砂过肠。

歌女唱新词，
不说悲伤，
一根柳条儿丢了故乡。

4
鱼龙涣散，
英雄落难，
月亮相伴。

波浪，一步一步将人世送远。
风停了，
淫荡的月亮去而复返。

5
铁锈爬上高架子,
野草下到水槽边。
夕阳如胆,
江上暮晚。

仇人多年不见,
匕首空闲。

6
乱云有分身术,
众花有摇摆心。

又一个时代过去了,
香樟树是未亡人。

2009 年 3 月

劈　柴

1
他在劈木头，把一根，劈成两根。
"把一劈开，会有两个一。"
他又把两根分别劈开，意识到
减法强大的繁殖性。
"只要你把斧子扬起来，复杂的局面
就会随之而来。"有时，
斧头会卡在木头里，混乱的纹理咬住利刃。
他停下来，擦汗。他知道，许多事
都是在这样的情景下出现的，
比如设计师画错了线，国家
遇到了纠结的事；
比如雪花落下，成长中的少年
摸到了身上虫蛀的洞眼。
他擦汗，习惯性地抬头望望天空，仿佛
高处也有个人在劈柴。
"雪花为什么如此安静？"

"一定是
吸收了太多的力量,和响声。"

2

"是的,一里有个无底洞。"
他再次意识到,自己是为虚无效力的人。
一粒雪花落到刚劈好的木头上,仿佛
有个新的意见在那儿站定。
空气中有他呼出的热气,甚至
残留着他多年前打雪仗的笑声。在那
可以从窗口向外展望的岁月,
他仿佛拥有过另一个冬天。
可对那么多人来说,冬天来了,斧子
也就来到了手上,比如,
算数者搓着发红的手嘟囔:筹码
还不够,天气也要再冷些才好。
而念经人、政客,则需要从天而降的东西,
他们的习惯用语是:天花乱坠……
只有他是固执的。他劈。
"在无限深处,是否有与内心相等的东西?"
浮尘吹着金色工棚,他劈着小岛、
溺水的影子、走钢丝的幽灵……

3

"为什么选中斧子？"
思索，伴着火焰漫长的寂寞，和一个人
不使用就会被冻僵的心。
"以斧子为界，凿子、刨子、墨斗……
应该划给另外的国度。"
那么，黑暗属于哪一个国度？
"是的，你曾经是我们反对的人，
但我们现在需要你。"
劈得愈多，黑暗也愈多，唯有黑暗
能理解木头裂开的声音。
"斧子得到偏爱，因为万物都是
一块能随时劈开的木头。"
有时，雪把一切都盖住了，加深了
劳动的空旷感。"那些
黑暗的地方，雪落下去就不见了。"
但斧子比木匠更固执，它不在意
黑暗有多深，以及谜底的位置。
扬起又落下的斧子，离开
意义的源头，获得了另外的积极性，如同
独自拿定了主意的闪电。

4
很早以前,他就预感到了自己的死。
在浮冰般的冬天,在刨花中,
无数次,他看见自己被俘获的脸。
犹豫的时候,他会遇见利刃投来的目光,以及
铁冰冷而沉着的等待。
某个阳光很好的中午,他会
抚摸自己打过的家具,在木料
幽暗的旋涡,和墨线两侧留下的手感里,
摸到粗野的宁静。
这时候,骑马的人经过,雪人、
想置换掉自己身体的人,出现。
"动荡是新的节奏,而对
结构的深究会带来幻觉,以及
天气的变化,道德、哲学、伦理、性,
相互产生的敌意。"

5
……许多个冬天过去了,
我们已远远离开那里,如同
坐在一座翻修一新的房子里,把许多存在
变成窗外的一闪而过。

我们已是闲人、商贾、饱食者、
懒散的洗牌人。
只在老家具进入冬天的时候，我们中
偶尔会有人意识到，一场雪
仍然滞留在牌局里。
"那在街上晃荡的胖子、嬉皮士、收税人
也许适合做一个木匠。"
但再也没有那样的时代了。
"在红桃 J 和方块 K 上，
有两把一模一样的斧子。"
有人顺着斧柄
摸到荒凉的额头，遗弃的手。
"死者的脸比雪还冷。"
他继续摸，摸到了旧时代中
独裁者的傲慢。
"牌局如同虚拟的
时间剧场，此中，掮客比雪人
更容易成为丑角。"
他摸到那些劈出的柴，仿佛破坏者
留下的遗产，这么多年了，
从没有人动用过它们。
他洗牌，认出了从角色中退场的人，

"你的手指再也碰不到他。"
他端详着牌的正面与反面,在同伴
不耐烦的催促中,看见那里
有一道虚拟的门。
无数人影,正从中鱼贯而过。

2009 年 10 月

雪

>……我们用语言和指示
>使自己逐渐通晓这人世,
>也许是它最薄弱、最危险的部分。
>
>——里尔克

序曲

预感被反复折磨,如风吹草木……
日暑的听觉里,建筑群矗立。
陈旧色块,残留着避雷针稀薄的颤音。
—— 一切都更加恍惚,
游移的阴影像涣散的理念,看不见的手
正划入远方,带走了
檐兽、锁链、结结巴巴的灯火。
室内,杯子陡峭,时辰冰冷,
木纹和隐喻都在晃动。秘密的路径
维系着遥远、酣睡的国度——

一、色识

北风呼啸，愚顽且寂寞。
镍币和不锈钢闪着光，它们
对罪恶的看法大体一致。
而保存在我们心底的声音，总是
同相邻的寂静混在一起。
（痛苦的确定性，正是如此安置？）
——仿佛在为恒定之物效力，
众色之中，唯你无所谓深浅。
当你出现，描述你的语言开始变形：
曾经的世界仍在这里，处身其间，我们
也总想从自己的内心再经历一次……
犹如灵魂的炼狱，
犹如宽恕总是靠特例而生存，
犹如想要镜中倒影，却得到其真身。
你那么白，白到
所有磨难都不再值得炫耀，
也无须再作出任何解释。

二、钟表滴答

1

——涉足这古老的台阶,
你来了,身段翩然如优雅乐声,
无觉察地,穿过天空那空空的怀抱。
万物开始承接,树林
从日常的训练中摆脱出来,
陌生的兽,再次逡巡在朦胧的寓言里。
因此,仍像是第一次,在对
过往事件的整理中,无数急坠
被修改为缓慢的长镜头。
——仍有仪式需要界定,仍有
冷峻的反光需要打磨。
——太冷了,时间无效,
(或者,是你保存的时间在反复出现?)
飘移的指纹里,生死、凉意……
都在寻找另外的解释。

2

某些东西像铅,比如真理,
某些东西像经文,比如枯叶,

某些东西像容器,像狂欢和尘埃的
收集者,比如身体,
某些东西像废墟,被丢弃在云里。

某些东西沙沙响,仔细听,
又一片阒寂,
那仿佛已经不在场的激情,正致力于
编织一朵花……
单纯的爱,总像来自复杂的恨。总是
最后出现的事物更耗费心力。

某种风暴,有时是流过双脚的水,
某种遗忘,让人记住教训、孤独、人性的流失,
某种存在像无效的辨认,
某种符号,从无法被分析中
再次开始:像雪在落,像某物
从我们放弃了探究的地方出现,
它是要证明,穿过一再被从属的空间
仍然是件有意义的事。

3
雪在落。精致的六角形
是否在把某些忠告说出？
——雪在光影里赶路，
猜测，却陷在喉结的紧张中。

而一些词，正经过另外的唇
那分裂的路径。
"它不会顺着我们的思路落下，
那抵达它的领悟，
正沿着它的六个方向散去。"

在一个冬天，在许多个冬天，
雪不停地落着，
——比起我们自己，一朵单薄的雪花，
更能摸准我们身上的裂缝。

因此，谈到自身的缺陷，
我们沉默下来，仿佛
诸事已定，又像
前语言的状态：充满空旷与可能。

4
雪在落,带着初恋的湿润,
和语言的凉意。
雪从高处落下来,坚定、清晰的
单纯中,含着深远与迷离。

雪在落,高峰如鸟影。
列车穿越群山,穿过遗留在年代间的激情。
"梦想,如同翅膀下的风……"
看看那车窗,看看我们闪现、幻变的脸。

哪一个才是真实的自我?
哪一个,还携带着我们忘掉的疼痛?
当往昔重现,总是恰逢雪花经过,
跟随时光离去的一切,
从未得到过真正的休息。

雪花追逐雪花,我们寻找自身,
对于漆黑的夜,当我们想探究它体内的光源,
一个声音说:别动!
然后,就是雪一直在落。

5
雪在落。一阵风吹,
犹如某种力量在加入。

风一阵一阵地吹,
它把雪推向沟壑,使之平坦如遗忘;
它整理山冈,使之明白记录者的责任;
它吹动着白,使之更白,使世界
像个一生只白一次的神。

但雪和风并未融为一体:
一个忙于造词,一个忙于联句;
一个怀着对爱情的憧憬,
一个像是庸俗的妇人;
一个眼神清澈,一个耳环闪亮;
一个带着永恒的价值观,
一个做出决定,并向"此刻"深处挖掘。

也许,会有一阵风说起
那些像致命的词语一样的雪。
风停了,不是离开,而是有些疲倦。
风,注定不是用来停止的,

当它累了,从前的生活就跨过它
进入到未来。

6
不断分叉的树,伸展在雪里。
咔喇咔喇作响的,是重新返回的声音。

是雪在落,并布置下迷蒙的背景。
那些树,在回忆年轻的时辰,还是已找到
一种堪与年轻比拟的暮年?

分叉,在种子里达成一致。然后,
种子会继承分叉的秉性,如此循环不已……
如此,是不会消失的幸福,还是
一种漫长的死法?

雪在落,落进乌有之乡。
"有什么密码,已被粗大的枝条递了出去?"
"……无限的序列里,其实,
只有少量数据。"
沉默无意义,但一开口就会出错。

"没有家,连种子里也没有。"这
才是恐慌之源——微小的眼睛瞪着
庞大世界如凝望一个深坑。

而雪在落,落在话语说尽的时刻。
所有的树也将一直站着,
站到雪停,斧子来临,
或者彩虹发出荒诞的叫声。

7

当雪还年轻时,
哲人的语言纸一样和善,
后来,他们沦为恐吓和警告者。
没有谁再是宠儿,无数事物被改造为
另外的事物,上面,没有伤痕。

奔跑者愈加盲目,电视剧
却总有一个我们熟悉的结局。
生活,犹如胎盘愚蠢的自信,
磕磕绊绊的创可贴、解毒剂,
触摸着一再出错的节律。

而雪在落,空虚感在加剧。
硬币,终于精通了统治术。
命运像慰安所,在等待,接纳。
地铁在加速,在黑暗中,带着怀疑。

8
雪在外面落着,
大厅里,一直有人在打扫,以保证
悲剧不留下任何印痕。

——雪在屋顶上落着,
玻璃痉挛,大理石沸腾,欲念
嘶嘶作响。雪
在指数和弧线里一阵阵落着,
一扇不曾打开的门前,有人把未来
与柱子和狗拴在一起。

——雪在所有人的脑海里落着,
对它的描述,稍有偏差,
便会被用作对某个事件的虚拟。
——没有审判,只有被气候
掌控的逻辑,和贴着逻辑滑动的修辞。

雪在落,远方的光线荒诞而虚弱,街道
在黑暗中延伸。T型台上,
有个走来走去的人,头上
顶着一小撮白:一个铃铛
在测试它的音质。

9
雪在落,无边无际,
空白的一切拒绝了想象,
如同彻底的否定。

又像一种神秘的赐予,一次
赦免——虚构的童贞再次
把我们分开。

我们再次置身于"现在":
陷入寂静的现在,
突然领悟了所有折磨的现在,
不仅仅是白,更像是在以白
作出判断的现在,所有的牺牲
都在费力寻找祭司的现在,一个

树枝渐渐苏醒、不曾
掸掉身上积雪的现在……

三、转换

1
雪停了。
我们曾追随一朵雪花,
追寻它心中看不见的界限……
现在,雪停了,停在
与经验稍稍错开的地方。
——现实,仿佛也悄悄发生了变化:
灵魂的背叛已不再让人惊悚,影像
拒绝就存在再作出解释。

2
欢喜与悲伤,将我们重新称量。
在冬天,我们所接受的,
无一不带有荒凉的齿印。

意义和空白不再相互拥有。
一代又一代,我们

尚未出生就已被完成。

等待悄无声息。推测带来的
不安，消散于茫茫然变成的安定。
悲剧酣睡的某处，
甲虫像灵车一样沉入睡眠。

一阵钟声使语法失效，
一阵风漫步到雪原尽头。
某种失落的权威像山顶的城堡，
耸立在悲伤中，额头严峻。

3
清洁工和垃圾车都在忙碌，
铲起的雪，被扔进花园。
铁锹，带着遗传的忧郁。

"脚步要再快些，不然，
噩运会再次追上我们。"
该怎样审视一辆就要远行的客车？
它的轮胎，它的铁链。仿佛是
它的发动机在引领我们前进。

而车上的旅客
全都默不作声。

四、形辨

面具
戴着面具,移步换形,在别人的
经历中,安插下自己的身影。
——事事老旧,或者,
因排练太久而弄假成真。一次次
进入某个角色又从中离去,
(不曾掩饰,也不曾真正敞开心扉)
我们带着一颗戏剧化的心,
养成了收藏脸谱的怪癖。
——当我们再次潜入那剧目,
(许多人也悄悄跟进来),发现,
有个秘密,卡在从前的细节中,并已经
呈现出忍受苦难的美。
——哦,难道是
另外的生活在带来叮咛,并赠予
笨重肉体以轻盈的韵律?
聚会结束,桌面黯淡,有个声音说:

"我冷！"然后，
镜面扭曲，哭泣的人压低了声音……

雪人
碎片闪光，回声
在争夺心灵。
马路边有人在堆雪人。
每当那工作完成的时候，我们
就变成一群虚假的居民，并感受到
被放弃的可能性。

——有什么曾经在身边，又已
转身离去，历经
变化与动荡，不因我们的思索而改变，
像一个永恒的旁观者？

关于我们自己的躯体，
怎样辨识其中的深渊？在那里，
跌落没有惊呼；隐痛，
遵循另外的秩序，
连我们自己也无法察觉。

——没有谁能再替我们难过。
但当你出现,痛苦
仍然可以被重新分配。你以此
保持自身,同时将我们加以区分。

尾声

——所有暴力到最后,仿佛
都能变成可供把玩的风景。

但雪花不可能放过往昔,
像镜子不肯放过转身的人。
房间深处,水银有毒的理念中,
隐匿的词根在其中发芽。

一只蹲在窗台上的猫,眯着眼,
像个经历了许多世纪的老人。
飞行的鸟雀因放弃灵魂
突然获得了加速度。

2009 年 9—12 月

北方谣曲

※
白云、常青树……
我通过你们辨认北方的秋天。

秋天啊,多么寂静。
北方的田野,平畴,默默流淌的河水。
还有你:常青树。

当枯叶如家书,
当花瓣如瘦小、卷曲的心。

※
常青树,一个悲伤的词,
淡淡清香是深渊般的过失。

北方的秋天呵,我爱、哭泣……
在你的白云下。

多少日子，像水中的荇草，
多少话语，像桂树的枯枝。

北方，月光与菊花，
北方，秋天里一无所知的岩石。

※
北风吹，天气凉，
树林里枯叶落了厚厚一层。
虽然这几天太阳好，
我心仍恓惶；
虽然有棠棣树相陪伴，
我心仍恓惶。

※
傍晚的光线多么完美，
窗外的峰峦、丹枫、老工厂、
白杨树小径。

纸上是一只刚画好的蝴蝶，
玻璃和清水都是好奇心。

岁月空旷、自由,
我们说着不着边际的话。
——风吹向芒果,和它新鲜的香气。

※
曾经,绵羊低头,
我们从那低头中学习感恩。

曾经,溪流冲下山涧,
你的躯体在薄衫内颤栗。

雷雨之后,光
顺着草尖滑行到很远。
——仿佛在另外的空间中,我学会了
处理闪电,以及
如何向你轻声细语。

※
素朴宅院,旧雨新枝。
北方,你最小的家神流连的温暖。

又一个秋天,落着雨,

郊外的码头干干净净。

小街里有人在叫卖菊花,
叫卖一种不真实的香气。

那是必然的秋天,萧索,无言。
我在绝望中爱着你,
像已很久不在人世。

像许多世纪过去后,
一只陶罐的完美无缺。

※
看看瓮中清水,
看看蓝色天气。

看看心中欢喜的人,
她像九月的草木一样干净。

飞行的大雁,
像一队僧侣。

美妙的歌调消散了,
石头变白了。

※
我爱你,高山;
我爱你,羞怯的人儿,医学的苦味。
我记得枯草、低语,荒废的古道,
欢娱的短暂。

你像月亮洒下的清辉,
你像常青树消失在黑暗中。
秋风吹动,漫无目的。
我爱你,如爱水波和光晕,
我爱你,如爱空缺与霜痕。

※
蟋蟀的叫声,
仿佛失散的年代。

群山缓缓沉落,
在做了一半就醒来的梦里,
亲人们建造房屋,

尘土收留了沉重的脚印。

栈道上的旅客,
桌子上的镇纸,
改变了方向的星空。
山脚下默默的庙宇、流水,
孤单的家谱。

蟋蟀在叫,
寂寞是一张枕席。

雕花荒芜,心灵遥远。
苦涩的梦陪伴着我们,
就像纸上新鲜的墨迹。
河岸上的石兽饱含热切,
许多古老的事物,
仿佛刚刚来到人间。

※
哦,静谧的常青树,
站立在北方的常青树。

漫长、薄如草纸的光阴，
明亮、穿过床榻的影子。

那是泪水才能报偿的时辰。
那将名字给过我的常青树。

亲人般的秋天再次来临，
我们再次成为植物的孩子。

哦，圆月般的北方，
安顿在云水间。

2010年11月

黑白相册

啜泣

一直有人出生，带着新鲜的哭声；
一直有人在攒钱，想把痛苦的心，从贫困的躯体里赎出；
一直有人拿不定主意，不知道该把一堆木头
做成迎亲的花轿，还是打造成一具棺木。

死去的亲人，灵魂变成了雪花。
在这轻飘飘的雪花中，我们的肉身更沉。
一直有人在唱戏，在雪地上踩下凌乱的脚印……他老了，
他在教弟子怎样甩袖、念白，和低低地啜泣。

老屋

要把多少小蟋蟀打造成钉子，才能修好那些旧门窗？
"砰"，北风紧，木匠叹息。
小莲穿着红袄从隔壁来，说：传义哥，我迷眼了，你给我吹吹。

我扭过头来,看见祖母在忙碌,墙上
又出现了新的裂纹。
小莲,那年我们七岁,你像个小小的新娘子。
我吹出了你的泪水,和掉在你眼里的微小的疼。
那年,苦李子花开成了雪,祖父喘得厉害,西墙下
他的棺木,刚刚刷上第二遍漆。

讲古的人

讲古的人在炉火旁讲古,
椿树站在院子里,雪
落满了脖子。
到春天,椿树干枯,有人说,
那是偷听了太多的故事所致。

炉火通红,贯通了
故事中黑暗的关节,连刀子
也不再寒冷,进入人的心脏时,暖洋洋,
不像杀戮,倒像是在派送安乐。

少年们在雪中长大了,
春天,他们进城打工,饮酒,

最后,不知所踪。

要等上许多年,讲古的人才会说,
他的故事,一半来自师传,另一半
来自噩梦——每到冬天他就会
变成一个死者,唯有炉火
能把他重新拉回尘世。

"因为,人在世上的作为不过是
为了进入别人的梦。"他强调,
"那些杜撰的事,最后
都会有着落(我看到他眼里有一盆
炭火通红),比如你
现在活着,其实在很久以前就死去过。
有个故事圈住你,你就
很难脱身。
但要把你讲没了,也容易。"

仲夏

小孩子爱哭,也爱破涕为笑。
一个驼子,最高的是背脊。

有人把药渣倒在路口，
祈祷它被车轧，被践踏，病被带走。

乱石无言语，蝙蝠多盲目。
池塘快干时，绿如胆汁。
一夜暴雨，小狗丢了衣裳，大狗丢了忧伤，
疯丫头，长成了村里最漂亮的姑姑。

布老虎

小尾巴。倒了也不哭。
从桌子上跌下来，打了个
滚，站稳，仍是站在民间低处。
软乎乎的肚皮不反对抚摸，
幼小的心，带着布的温暖和条纹。

它太小，没有过去；软软的
前爪，又像个故事可以捏住的开头。
可关于它的叙述，
总是在别人的童话里结束。
大眼圈一直懵懵懂懂，始终没有
形成令世界恐惧的旋涡。

抱着它的孩子在开心地笑,露出
两颗细碎虎牙。现在,
它满心欢喜,额头上的"王"
像个错别字。

小学校

山坳里,一座庄稼大的小学校,
一群星星般的小孩子。
每当他们诵读、唱歌,
风和云彩就在天上应和,
群山起伏,像一座激动的大教室。
——已是春天,芦苇新生喉管,
竹林摇曳,一个女孩在作文里写道:
"我要像桃花心木那样经受考验……"
已是春天,万物蓬勃,
校墙外,粗壮木桩的围栏内,一头头黑牛
正逡巡着,憋着一身劲儿,像一群
挨了批评、不服气的野小子。

诵读

羊肠小道类似谣曲；苦难如圆石。
溪谷变幻，掠过
高高山架的钟声，鸟群般散去。
秋已深，椿树紧一紧狱吏般的腰身。
山脚下，有人在打夯，喊号子，穷孩子
在教室里诵读。
登高远眺，乱山在霜雾中奔走，它们
有离散之悲，有如火的额头。

夏夜

明月朗照。睡在槐树下，偶尔醒来，看见远方山影的
荒凉废墟。田野上，有搬不完的银子。
我并不孤单，织女星像年轻的母亲，
她有那么多孩子，而我是唯一睡在槐树下的一个。

多少年了，像一直不曾醒来，露水也没有什么变化。
月光下，无数河流，慢慢汇聚，冲决。
先是梧桐叶，而后是烟叶，仿佛偶尔一两声
夜鸟的啼鸣所致，有过微小的晃动，在黑暗，和浅梦中。

两个人的死

一个叫杨建设,那年
六岁或七岁,死于胆道蛔虫病。
我记得他抱着肚子,俊俏的小脸
因痛苦而扭曲,背
死死抵在绑着圪针的小杨树上。
他的父母都是哑巴,除了贫穷,
没有钱、药,甚至连语言也没有。

另一个叫王美娟,死于十多年前,
二十八岁,因为宅基地、丈夫酗酒、外遇……
她喝下半瓶农药,在村卫生室
折腾了大半夜,没救活。

两个人的死,相距
二十年,他们用自己的身体,带走了
一部分病,让这个世界上的苦难
不至于过分拥挤。

他们都是我的小学同学,
但在阴世,却年龄悬殊。

如今我想起这些,因为
我正走过这片墓地。他们的坟包
相距不远,串个门,
也许用不到三分钟。在另一个世界,
哦,假如真的有另一个世界,
我愿他们相逢。
——死过的人,不会再有第二次死亡,
我愿他们辨认,并且拥有
在人间从未得到过的幸福;
或者,一个是儿子,另一个
做他善良的母亲。

栽树苗

骄阳似火,我和父亲在栽树苗。
旁边,鸡爪扒开的草堆一股酸味,
有人在水里洗刷药桶。

骄阳似火,布谷在叫。
父亲说:坑要深挖,水要多浇,
树苗要晒晒,有点蔫儿才好活。

蜃气在池塘边蒸腾。时近中午，
我挥汗如雨。玉米宽大的叶子皱缩，
像卷了刃的刀。

父亲之言，乃骄阳所授，
因此，在毒日头下干活你要听话。
有点蔫儿的树苗也很听话，
叶子软软的，已有些烫手。

掂量

乌桕的枝杈冰冷。
陶片上，古老的纹理曾用来释梦……
又一批杨树砍掉后，留下的
苍白树茬，像孩童的脸。
——没有它们不谙世事的表情，厄运
也许会变得更加无法忍受。
树林尽头是一片湖水，水底
一段木头斜着身子：夏日的溺水者，
我们一直记得她求救的姿势。
——夜已深，围坐着小灯抽烟的人
像家谱里陈旧的繁体字。

火车的嗡嗡声从山那边传来,又消失。某种
事后的寂静,意义难辨,
一直在掂量小村的心。

饮酒

大寒。田野释放出更多空旷。
风一阵一阵吹,让那些
想落脚的事物继续其漂泊。

餐桌上落下浑浊夕晖。老屋如父。
有种遗传的烈性在搀扶饮酒人、踉跄着
去土墙外撒尿的人。
天宇中,灼焰涌动,
来历不明的燃烧让人不得安宁。

菊花残。不见土拨鼠,
它们藏身于黑暗地下,从不求救。
——也许就在今晚,一颗
陌生的星就会运来大雪。

先知

在故乡,我认识的老人
如古老先知,他们是
蹲在集市角落里的那一个,也是
正在后山砍柴的那一个。

他们就像普通人,在路口
为异乡人称一袋核桃;或者,
在石头堆里忙碌,因为他们相信,
凿子下的火星是一味良药。

给几棵果树剪枝后,坐下来
抽一袋旱烟。
在他们的无言中,有暗火、灰烬,
有从我们从不知晓的思虑中
冒出的青烟。

抽完后,把烟锅在鞋底上搕两下,
别在腰间,就算把一段光阴收拾掉了,
然后站起身来……

当他们拐过巷口消失,你知道,
许多事都不会有结尾。而风
正在吹拂的事物,
都是被忘记已久的事物。

陌生

许多年了,一直有人在离去。
走过果园、菜地,父亲脚步蹒跚,
像一颗瘦小的果子。

鸟雀飞来飞去。
风吹着树叶、灰尘,
我的心,像赤脚医生一样荒凉。

在村口遇见几个玩耍的孩童,
他们稚嫩、不谙世事的脸,
让人难过。

一直有人在离去,
……有些去了村外的墓地,
另一些,想活得好一点,

带着悚惶赶往城市……
村庄,比我想象的要疲惫得多。

许多房子空了……
日渐荒芜的故土,田园与薄烟……
夕阳下,沉闷的牛哞,
仿佛痛苦、迷惑的追问。

仿佛这是别人的村庄。
我们之间的陌生,没有声音,
就像正大踏步跨过的秋天。

暮色

冷风吹着无花果树,
无人照料的枝条疯长。

门轴的吱呀声,
蒙着锈迹的铜纽、门环……
都是寂寞的。

窗棂上的喜鹊,

像由阴影构成。
照片里的亲人更加沉默，
虽然活着时，
他们也常常默不作声。

水井、庭院、灶台……
暮年的迟缓接管了它们。
高大的苦楝树望着远方，
仿佛百感交集的心灵。

屋脊黯淡，瓦垄起伏，
顺着它们隐忍的线条，
暮色从遥远的年代归来。

那被遗忘的也在归来：
无数声音，
簇拥着一盏融化的灯。

柿子树

柿子快要成熟时，皮上
薄薄的白粉像霜迹，仿佛

有个季节已提前拜访过它们。

其实,天气尚暖,柿子也红得柔和,
慵懒的糖使它呼吸平稳。直到

叶子落尽,世界才会突然变掉,
柿子和枝条那危险的关系
暴露出来。你发现,你还没准备好
用来界定这危险的词语。

入夜,当啄食的鸟雀也已离去,
你去探看柿子树,发现
你并非独自一人:露水、星团,多年前
死去的族弟的鬼魂,
陪你一起去看柿子树。

当归

种当归的人,背影
像干柴。他蹲在田埂上
抽着烟,长久地守着幼小秧苗。
当归长成,是许多年后的事。

三轮车在小镇上突突响,
我们在梦里翻土。
真正的生活是一阵低语;是泥土
守着的腥甜和阴影。
——我们已在病中流浪了很久,
黑暗深处,我们把躯体慢慢
转向对方,依此
把死亡忘却。

太多的春天、干旱、尘沙……
太多的风在制药厂上空盘旋。
正是这无始无终的呼唤一年年
把当归变成了沉默之物。

星相

老木匠认为,人间万物都是上天所赐,
他摸着木头上的花纹说,那就是星相。
我记得他领着徒弟给家具刷漆的样子,某种蓝
白天时什么都能刷掉,到了夜晚,
则透明,回声一样稀薄。

他死时繁星满天。什么样的转换
在那光亮中循环不已?
能将星空和人间搭起来的还有
风水师,他教导我们,不可妄植草木,打井,拆迁,或把
隔壁的小红娶回家,因为,这有违天意。
而我知道的是,老家具在不断掉漆,
我们的掌纹、额纹……都类似木纹,类似
某种被利斧劈开的东西。
——眺望仍然是必须的,因为
老透了的胸怀,嘈杂过后就会产生理智。
"你到底害怕什么?"当我自问,星星们也在
朝人间张望,但只有你长时间盯着它,
它才会眨眼——它也有不解的疑难,类似
某种莫名的恐惧需要得到解释。

2004 年 2 月—2011 年 9 月

葱　茏

1
曲折的穹顶下摆放着摇篮,
有些丢失的梦化作手臂的晃动。
这是午后,谈话的声音小了,石头
陷入沉默,林木的倾听却愈加入神。恍惚间,
遥远的呼声像树杈上的幼芽;一凝视,
又变成了不堪攀援的枯枝。
——无名的探寻,借助风力不断缠绕过去,
将看不见的气袋和涡流编织在一起。
而在另外的日子里,榛莽和公园
交替穿过纸上的庭院。
——这是许多日子消逝后的日子,枝柯晃动,
乐趣稀薄,站在道路两旁的树,
如同需要想起的记忆。
有人躺在草地上,眼望浮云,
有人在黑暗中掘到从前的房屋、铁、骸骨。
而迟缓、疲惫的躯体,沉浸在

耐心一样晦暗的树荫中……
——太久远了,往事如同虚构。
……仿佛从未发生过什么。容纳了
所有瞬间的世界,唯此树林像是真实的,让人
猛然觉察:那些曾庇护过我们的天使,
已变成了走过瓦楞的猫,无声无息。

2
要在林木上方,太阳的光芒才饱含善意。
毛茸茸的嫩叶,恍如苦难岁月
留下的卵子。而在街衢、闹市,光滑的屋脊
像鱼,总想从时间的指缝间溜走。
它们,也许真的因此躲过了什么。
"任何可以重来的东西,都有低级的永恒性。"
在古老的郊外,有些树
已历千年,我们仍不知道它们想要什么。
"它在历史里走动,使用的
是它自身,还是它的影子?"
疑问一经形成,就和所有的事件同在,
……抵制、辨认、和解,严格的法则对应着
散漫的株距。
对转换的凝视使一切(废墟、拆掉的庙宇、线索……)

按照树的方式进入另外的思绪。
"树站着,一定是有种
需要不断强调、并表达清楚的东西。"
粗糙的黎明中,我们醒来;梦
和睡眠分开,从中变绿的树林,已在
绵延不绝的生长中分出了段落。

3

"节外生枝之物,都有棘手、固执的秉性。"
夏日潮湿,枯木上的耳朵
会再次伸进生活中来。
老透的树干里,波纹回旋,茫然而又坚定。
杂乱无章的枝条间产生过天籁,但还不够,还需要
称心如意的琴、鼓、琵琶、二胡、梆子……
——存在一直是简单的,当音器在手,才可以
在另外的声音里重回枝头;才可以
借助复杂的叙述敲定内心的剧目。
或者,析木为栋,为梁,为柱,为斗拱、桌椅……
或者,在木头上描摹,雕花。
(没骨。缠枝。也是令人目眩神摇的植物学。)
尺寸即自然。雕刀足够锋利,就有了天空。此中
有自明的痴情、野蛮的甜蜜……

而人,总是处在两者之间,拿不准
哪一个更好:枝间的长笛?还是屏风上的小兽?
或者哪一个更糟:大风吹折的树林,
还是镂花内无人察觉的深坑。

4
树与生活怎样相遇?
只要嗅一嗅花香,和汽油味,就知道,
它们没有交流,也不会相互抚慰。
这正是我们的悲剧:总把最重要的事
交给引擎来处理。"在对方的空虚中,才能意识到
自我的存在。"然而
树梢,塔吊,霓虹,又交织在了一起。
(我想起一头饲养在纸上的挖掘机,
正吃掉水管、石块、街道的呼吸。)
柴堆杂乱,冬天强大,让人怀疑,
一直有一位冷漠的神存在,并允许了这一切。
当错误变得完美,我们更需要
单独的考量;需要一棵来自林中的古树
在我们思想里的脚步声。
是的,不管世界有多大,围绕着一棵树的
一直是一小片冰凉的旋涡。

城市如同巨人在狂欢。一段树枝，
也曾有过钢筋一样强硬的追逐。——它是要分清
事物之庞大与伟大的区别。而对此
我们能知道什么？蛀虫的痕迹，
还是在它预感中闪光的金属种族？
也许，灵魂的安详正来自于此：
舵一样的墨绿山脉，以及坚硬、挤在一起的
树杈，与空间那无休止的刮磨。

5

一旦置身林中，仿佛就跨出了城市的边界。
（哪怕是一小片晨练者的树林。）
一两声鸟鸣，孤寂瞬间包围过来，
足可使此日不同于往日。
干净的石头，带来一些失败的联想。
松树的鳞纹，仿佛往事游弋的幻影。
茑萝的柔软和苔藓的单薄中
都有淡淡的迷雾。
小杨树走进刺槐的梦，它无所得，它回来，
在一阵风中摇摆不定。
（它还小。生活，尚是不需要意义的哗哗声。）
树各自独立，枝叶却交织在一起，

它们的影子也交集在一起(相比于它们,
影子,有过的交换也许更多)。
香樟光滑的横干上,还留有离去的手的抚摸。
蔷薇的刺,已构成了和虚无的尖锐对立。
一场蓝雾来过,所有隐藏的、呈现的,
都值得尊重:无名的手,依恋,泥土,莎草……
或者,叶面上的露水,那没有边界、
不可回收的感知。
——一切都无须证实。对林木的热爱,
最后,停留在对一根枝条的理解中。

6
而在更远的树林里,鸟儿如一颗颗受创的心。
飞翔的蝴蝶,像打开某种神秘存在的钥匙。
有种古老的活法,在榛叶,和梧桐中。
有种真诚,在乌桕的根,和它身体的斜度里。
如果智慧让人厌倦,荆棘会长出更多的刺,红枫
也会带来更单纯的热情。
虽是某种理想的代言,它们
并无受难的面孔,只云杉高耸的树冠
略显严肃,须抬头仰望,并顺便望一望
树冠上方高远的天空。

（那里深邃，沉静，和我们像不在同一个时代。）
坚果如香炉。侧柏的皮，粗糙如砂，从空间中
提取的沉默结成它的身体。
纤细的须根有轻的发音，使气流中
交错着无声的变奏。
所有的细枝都仿佛在说，只要心有怡乐，就不妨自得。
在光阴坚固的实体和花瓣的柔软间，
它们只爱自己的幸福。

7
有时是一座夜的树林，披拂的枝条
探身在未知中。
太黑了！黑鸟的叫喊，被绑在黑暗的柱子上，
患病的云在天空里茫然走动。
太黑了！影子早已抽身而去，每件事物都像是
黑色之源。偶有一两点
微弱的光，在其中辨认死亡。
——那是萤火一闪一闪，稍稍增多时，它们
聚集，像把灵魂扎成了花束。
而我们的灵魂
归于何处？是远方那恍如巨舰的城市，
还是眼前这回声般的墨色？如果

生活已被转移到别处,那么,
树林是什么?拥有全部记忆的黑暗是什么?
正确的爱曾经像恋人的眼神,而现在,
是错与迷失,是罪与道德混合的小路。
一只莫名的手,像来自另外的星体,带着
另外的方式。被毁掉的街区、道路、村庄……
都已不见。它们在消失,在黑暗中
摸索自己的轮廓,以及
树与它们、它们与它们之间的联系。

8

有时则是一座时间的树林,
饱食光阴,捕捉失踪的时辰。
譬如雷雨过后,棠棣会将一口气吸回肺腑。
又譬如椿树,当它的腰身长到足够粗硕,
便不再用来衡量什么,只把寂静挪动。
或者是瘦细、预言般的光线,在阴影中梳理声息。
时间,时间是一只小兽的滑行,
也是数百万棵树上,露水同时的滴答声。
是鸟巢,是落叶纷纷,是金龟子坚硬的
胸甲、指爪,木杪间再次卷来的银河的回声,
是蛛网、鸟鸣、雷电、蚂蚁的洞穴……

"你怕吗?""不!"当时间呼啸而过,
对命运的指认,才具备了令人信服的准确。
时间,时间是木已成舟守株待兔,是野火、木鱼、十字架,
记忆中的膝盖,灯晕的薄翼,木墩,
沉香积攒的黑而无声的风暴。
当许多事过去,时间是纪念品一样的老人。
当他踽踽走过,一面玻璃幕墙会突然以全部的痛苦
将一根新发的嫩枝紧紧咬住。

9

树怎样生长?一直是个秘密。
树的上方,宁静也在生长,这契合了
树对自身的要求,还是天空的需要?
也许这正是身体的本真:有空缺,又被呼应充满,
当它快乐,它就摇晃,以期
让快乐知道自己为何物。
当它身上的疤痕变得模糊,不再像眼睛,不再
有清晰的凝视。岁月的蹂躏,
才从中获得了更宽广的象征。
根在黑暗中连接,某种深刻的东西早已被确认。
未来像树枝在分叉——同过去一样,那里
仍会有南柯一梦,或束手无策。

也许,这正是需要把握的天性:像树那样
把过去和未来连接在一起,
只需一粒幼芽,就可指出时间的相似性,
又在抽发的新丝里,找到未知世界的线索。
叶片飞舞,朝向广大的时空,抛掷它的脸、脸部的
气流、光、不规则的花纹……
而星群焚烧,天空拧紧腰身,天地间
用力过猛的地方,仍是树咔咔作响的关节。

10
树林从不着急。没有比它更稳定的东西。
——风暴并不曾使它变得空虚。
手拿斧锯的人,得到过人世的快乐,
怀抱林木者,则能腾云驾雾,飞过噩运。
更多的时候,树被用作比喻:
一个开花的人,一个长刺的人,一个有曼妙枝条的人,
——我们,在从中寻找生活的等式。
而林木,似乎也对这比喻有所感应,因此,
香樟有蛊惑的香,核桃内心有隐秘的地图。
仰面槐与垂柳有无名的交换,
悬铃木充满音乐的肺腑,我们也能置身其中。
——转换,带来了对自身的静观。

这也像比喻:为短暂而生,事毕即脱离。
当一切都结束了,我们仍是孤独者、可怜人。仍有
林木在我们心中排列。我们也会
穿过幽冥与晦暗,重新来到明朗的枝头。
在那里,花朵正开,路径纷呈,精神的芬芳招展洋溢。
我们再次从自己的心灵出发,那些花瓣
是胞衣、子宫,神圣而秘密的往生之地。

11

殿堂里,"粗大的廊柱有助于思索。"
废墟上,美别有意义:拯救与受难合为一体。
"破败的心灵使它们受了委屈。"而此刻
它们在我的房间里,分别被叫作
银叶兰、铁树、龟背竹……少女、思乡人、僧侣……
书卷、文字里的白银和我想起的往事
陪伴着它们。公园在外面,但室内的一株石楠
也会把自己触及的空间
与更远的空间联系在一起。
"一个千手、秘密的观音,
尘世有多少死结,它就有多少相应的枝条。"
——另外的人则把花朵锲刻,更多的尤物
也在那里,更多的抄经人、皮条客,以及

愿望的纹理,在木桌上滚动的
赌徒的指骨做成的骰子……
是的,叙述中的树林,我们一直不知道那是谁的树林,
而已流逝的时间,变成一片树林是可能的。
"它寄托自己,不希望沉入更遥远的过去。"
每念及此,树林就会传来一阵猛烈的悸动,风
也不再迟疑,它猛然一跃,从我们窗前
朝一个没有时间特征的年代赶去。

12

并不是林木在引领一切。有时候,
它也拿不定主意,需要听一听我们的说法。
我们周身遍布林木的影子,并在它的摇曳中
寻找自身,寻找那最精确的口吻。
"每个人都是辽阔、不可穷尽的。"也许,但面对
娇艳的花朵或地上的落叶,我们该庆幸还是惭愧?
"到最后,我们都是吃往事的人。回忆,
却变成了与回忆相连的东西……"
据说树呼吸,用的正是我们的呼吸。
有个人去世了,殓入棺木;一棵树陪他前往他乡。
对于这棵树另外的生活,从此再无消息。
树多得像恒河的细沙,命运又何尝不是?但一棵树

不会玩味我们的命运,并自鸣得意于对它的感受。
当它吞食陌生的事件,自己,也会陷入挣扎中。
……另外的人在公园里晨练,树同样陪伴着他们。
而它们自身,一半在地上,一半在地下,类似
一切存在与相遇的基础:
没有开始,你一选择,就有两个完全不同的方向;
也没有结局,能够移动的不过是幻影。

2011 年 4 月

青　绿

清晨

群山像个句子一样拖着阴影。
清晨，露水之光，一面面山坡……
被领到胡思乱想的人面前。

男子取下墙上的铁器，画眉梳理羽毛，
老火车带着旧时代的寂静。
世界的神秘像一个窗口。你不可能

再在书中读到它了，那奔驰了一夜的
高大悬崖，急停在
幽暗无底的深渊前。

怀抱

世事难平，而湖面是平的，

山岗、白云,都在微微晃动的倒影中。
一个怀抱,是否藏下了被忽略的事物?
在湖边散步,有些莫名的声响
类似偈语空蒙入耳,其深处,无底,
也有恍惚倒影。
我们谈到荒芜的驿站,和一个诗人的病、离世……
有些伤感。那伤感
很空,非声音所能触及,
而湖上忽然起了波浪,倒影
乱成一团。
我们在树下站定,不再说话。

溪瀑

——每次抬头,山
都会变得更高一些,仿佛
新的秩序正在诞生。
对于前程它不作预测,因为远方的
某个低处已控制了所有高处。
经过一个深潭,它变慢,甚至
暂时停下来,打转,感受着
沉默的群体相遇时彼此的平静,以及

其中的隐身术,和岩石
经由打磨才会显现的表情。
当它重新开始,更清澈,变得像一段
失而复得的空白。
拐过一个弯时,对古老的音乐史
有所悟,并试图作出修正。
——但已来不及了,像与我们的身体
蓦然断开的命运,它翻滚着
被一串高音挟持,在跌落中认出了
深渊,这丢失已久的喉结。

河谷

我知道山峦的多重性,
知道云雾混沌的立场。

知道有条河,河边的峰峦一旦
意识到它们将被描述,
就会忽然不见。
它们隐入白云,佯装已经不在这世间。

某次进山,风雨交加,

我注意到,
一路行经的垶、岂、漈,枂、栎、槭……
都有不断变幻的脸。

密林曾在我们的谈话中起伏。
薇、蕨、嶙峋巨石
也同时在起伏,傍着
红叶那艳丽、弃绝的心。

但我喜欢的,
是这溪谷深处积年的岑寂,仿佛
永恒的沉默报答了
那在高处嵯峨、回环无尽的喧响。

前世

芭蕉肥大。山茶花落了一地。
朦胧中,听见雨还在下,听见
一首从未听过的歌,其中,
藏着神秘事物的前世。
而熟睡者像一块顽石,比如,
不远处山涧里的那一块,任流水缠身,

用苔痕的呢喃换鼾声。
而沿着梦的边缘,流水
继续向下,要出山,
最终,又放慢脚步,汇入大湖。
那是昨天我们梦到的大湖,在被
重新梦见时,有点陌生,为了
和雨般配,扮作一件不发声的乐器,
把自己寄存在
山谷空旷听力的深处。

松涛

在山中,看见木樨、山雀、枇杷树、
谷底的卵石……感到安逸,想起
老街里的懒汉,肚皮圆滚滚的人。
看见癞蛤蟆,想起一生气就鼓眼睛的屠夫。
——远方已是黄昏,各种光在空中
折叠出波浪,城,已变成一尾巨鱼。
松涛阵阵,天黑透了,觉得自己单薄而宁静。
给家里打过电话,走回房间,几乎
有种近乎愉悦的悲伤。

鸟鸣

如水滴,想念某个面颊的黎明;
如新枝,在把握整个山林的激情。
记得那年去杏溪,花雀子
一路跟随,像一架会飞的收音机。
一晃多年,现在,仔细听,
这支在峰峦上飘荡了
很久的曲子,一直还在修改中。
其中,布谷的声音长而飘忽;灰椋鸟
短促的啁啾像一把钥匙。甚至
有种鸟会在夜间啼叫,滚动的声音里
仿佛藏着岁月的膝盖,以及
一座山曲别针一样的听觉。

见证

做白日梦的是白头翁,
求偶者,是掠过水杉的灰斑雀,
崖上,眺望云端的棠棣树,一直
有一颗漫游四方的心。

而啄木鸟沉溺于敲打,它们
辨识树林模糊的脸、空洞的心,见证
许多时代的结束,
自己的苦役却永无休止。

行舟

船桨耙动,某种
类似天空的大块在水中融化。此外,
是上游带来的一团团暗影
从船底滑过,忘记了
它们在几百年前就已死去的事实。
群山绵延,多古木,时闻钟声。
有人忆起,高高山顶站立过
心怀天下的人,以及
梦想的清白、古老传说的寄生性……
"追忆之殇,如同一再被吃掉的水线。"
错开的小洲上,旋覆花开。望着
空中缓缓转折的嶝道,我心头
也有难以推开的巨石:
远方,某种不可见的事物一直
在制造梦想,而深渊,

不过是偶尔回首时的产物。

异类

有人练习鸟鸣。
当他掌握了那技巧,就会
变成一只鸟,收拢翅膀并隐藏在
我们中间。

他将只能同鸟儿交谈,
当他想朝我们说话,
就会发出奇怪的鸣叫。

同样,那学会了人的语言的鸟,
也只能小心地
蛰伏在林中。

后山,群鸟鸣啭,
有叫声悠长的鸟、叫个不停的鸟,
还有一只鸟,只有短促的喳的一声,
黝黑身影,像我们的叙述中
用于停顿的标点。

群鸟鸣啭,天下太平。
最怕的是整座山林突然陷入寂静,
仿佛所有鸟儿在一瞬间
察觉到了危险。

我倾听那寂静。同时,
我要听到你说话才心安。

发烧者

后山有只鸟儿在叫,
世界已静了,它仍在叫,直到
这叫声构成一个事件。

病床上,倾听者在发烧。
他把手搭在椅子扶手上,手
吸收着镀铬铁管里的凉意。

"你是谁?"他问自己,
壁钟内,另一只鸟儿只眨眼,不回答。
——它一直被时间扣留在那里。

后山上的鸟儿继续在叫,
像出自一种职业性焦虑;像苦于
某种病始终无药可治。

遇虎记

翻到第197页,松林里,
多了一只老虎。

前几章,那可爱的松林流水淙淙,
松针落了一地,像毯子。
一些石头做怪兽状,但并不曾真的有过危险……

现在,所有树都屏住了呼吸。
凌霄飞快地攀上树巅,避开了危险,从高处
放心地欣赏人间变故。

隐隐虎啸从远方传来。要召集那些亡灵,
已必须先经过老虎的嗅觉。

恶从哪里来?

后面，新的章节像阴影在移动。
老虎已经闯进你心里，特别是你突然发现：
一座可爱的树林，
竟然愿意承担所有的恐惧。

蛙鸣

蛙鸣阵阵，那声浪
听上去比白天响亮很多。
用什么来收藏那么多的蛙鸣？
我想，黑夜自有办法。
白天的聒噪，要到夜晚变成音乐。
比起光来，没有光的地方更有耐心，甚至
更安全。
白天时钓蛙，让鱼钩带着饵食在蛙的眼前
不停跳动，蛙就会扑过去：它们
对不动的东西总是视而不见。
这些绿袍子隐士，像时间的代言人，
吞下那动的，留下那静的。反过来，
我们也正是这样让时间上钩：
我们静止不动，让阵阵蛙鸣越过我们，赶往
不知名的远方。

有时我来到池塘边,脚步声中,蛙鸣熄灭。
当我在石凳上小坐,蛙鸣又起,
这些酷爱发声者,对世界
并不真的知情。
是什么样的语言,不包含评判,甚至,
不表达自我。那纯粹的鸣叫,
构成了夜晚真正的深处。
当我们交谈,青蛙在鸣叫;当我们
有所停顿,蛙鸣插进来。仔细听,
那鸣叫声在我们的沉默里
不断追逐,裂变,消失。
回想青蛙的鸣叫,就像在追逐沉默的意义,
甚至在冬天,当寒流滚过屋宇,
池塘的冰面反射着幽光。你想起夏日,
想起那些缺席者——难道是
它们的离去,在参与我们命运的构成,
并把我们推进了冷风里?
夜晚,星星落进水里,就再也
无法离开幻象生活。
而青蛙只有鸣声传来,它们的肉体
已受到保护,滞留在
自由领域,除非受到光

(在夜深时变得像一种声音)和另外

声音的干预,

它们会一直歌唱下去。

又是多么天真的一群,当我

在黑暗中静坐,危险

在烟头里燃烧,

它们对此毫无察觉。甚至,

在被打扰之后,在石块扔进池塘、

星子们惊慌逃散之后,

它们镇定下来,重新开始歌唱,

像什么都不曾发生。

我见过网兜内作为食材的青蛙,它们

也会歌唱,或者,像在回忆歌唱。

对终极世界的认识,使它们

对猝然所遇,和眼前的处境能飞快忘记。

禁止它们歌唱已经太晚,这造物,

这给我们带来抚慰的乐器。

而号召它们再大声些,只会给空气

植入恐慌的信号。还是

让我们沉默下来吧,体会

黑暗怎样存在,魔法

怎样在阵阵蛙鸣中解体。

或闭上眼,顺着声音,靠近那
正在发声的深喉和肚皮。

2011 年 5—12 月

江南小令

山塘

有风。河水新生鳞尾。
窗格里,刺绣里,灰尘上,
金色光线是欢喜的。

游进碗里的鱼已身败名裂。
苏州渐绿。
风,把雕花小楼又镂空一次。

拈花寺

轻如灰尘的小寺,
窗棂上的雕花缓慢而寂寞。
酒喝醉了的时候,
梅花刚好开到一半。

细雨暂歇,红烛肥美,
木柱是又高又细的傻子,
而大悲伤,是隐在曲子深处的暗坑。
——风吹过猛虎扭伤的踝骨。

丽水

品茶,听曲。
江水并不响应那曲子。
万物自在。

小城点亮了灯。
木槿花如往事。蜂蜜没有年纪。

曲子里,甲和乙调情,
误了过江。丙来到桥上。
一座老桥,暖如故人。

昭明书院

江山如虎,
骑虎难下的人去读书。

灯光柔软，如斑斓虎纹。
骑虎于壁上
是件多么美妙的事。

尤其是，师傅已经老如枯叶，
照壁，总像沉在深秋里。

三百年虎啸
化作纸灯罩上
一只肥硕蜘蛛的呼噜声。

雨花台

春雨为江山松绑。
蕉叶像一封旧信。
阁子、石隙间，锈迹隐隐。

繁华已被石子们分掉。分到寂寞时，
春又过半。古老铜兽，
看守着梅花的病、爱情。

章安

潦倒的胸怀变宽,无用,
斜阳脚步轻。
壁虎踞旧戏台,霸天下,纠古今,
见蝴蝶过而不惊。

药师假寐,白了须发,手指
在空桌面上搭着
没有脉跳却来去自如的人,以及
草药经年不愈的心病。

杭州

女子研习茶道,
男子礼佛,行医,饮酒。
许多年后,女子隐入传说,
男子不知所踪。

许多年后,我们依然爱女孩儿,不喜皇帝、僧侣。
是非中灯火阑珊,
老茶树,绿得像个大邮局。

许多年后我去看你,
一阵钟声,去看河坊街里的石狮子。

镇江

风卷芦苇是老僧,
烈火烹油是戏子。
散场了,观众们从不同朝代回家。

癸巳三月,长江如沸,
宿鹭如一滴睡眠。
锅盖在水中滚了三滚。

宣城

浅的喜悦在箜篌间流传,
比如洁癖、光阴之暗、性的微尘。
而小作坊,则收留山河蓄积的风浪。
无数心跳又碎成了纸浆。

城是暮歌,流水剪径,

纸由生而熟。一支竹管埋头苦干
很久了。
明月在天，神仙们列队回家。
敬亭山，带着老公主在路上。

高淳

危崖悬于远山，旧事难了。
从镜中穿过的人，鼻尖冰冷。
傍晚，船拢向渡口，
小街里的太极图又大又肥。

有人在隔壁下棋，
天窗上的雨点骤然密集。
山顶上，有座修了一半的小庙，据说，
谈到某个女子的内心时，
用得着那庙里的一尾木鱼。

徽州

岁又晚，窗外落满了雪，
人如一口深井。

饮酒是危险的事,硬了肝肠。
窈窕之章,多颂几遍有凶狠意。

岁又晚,案头砚冷,
想想人生虚度,如可诛心,如贼,

如老火车过万古愁,
如妻老丑时,更念故乡。

岁又晚,雪还在落。
凭窗,风把袖子又裁去一截。

沙溪

昨天,有人在船上卖彩霞,
桥孔落在水中的圆,有一半虚无。

红绸缠着瓷器和风俗的心,
古樟患上轻微的嗜睡症。
梅雨季,一张古画里的妙人儿,
悄悄更换了表情。

明月谷

水观音。纸囚徒。
波浪给码头送来锁链。
远方,幽暗的窗前,有人
正在拆一只空信封。

游子多年隔音书。
剪纸人手中,月亮在挣扎。
——仍没有一张纸能代替
那单薄的、碎的、剪坏的、
爱了就不能回头的。

雁荡

黑暗渐浓,群峰越来越高。
瘦小星颗口含微光,为了
不让危险的深渊爬上天宇。

无数事物趁着黑暗醒来:
猴子、鹰隼、大象。其中有两块据说是
相拥的恋人……

它们不愿分开,因为一分开就是永别。

灵岩

夕阳是苦行僧。柔和的光
对黑暗更有经验。
摸到石头的人,顺便摸一摸时间的脸。
许多年过去,信仰与诵经人
都已化作山脉,但在夜深或落雨的时候,
泉声会增大,信仰
会沉得更深,并影响到
某些秘密在人间的存在方式。

西塘

风雨已过。岁月的洪流
化成木案上的一杯温酒。
——此时,有人爱上了简单的生活。

爱上红漆般的夕阳是最后的事,做个
碌碌无为的人是最后的事。
美人靠上的死胖子,他也有一颗

低头心,知道了
缠枝海棠怎样缓缓地开,缓缓地落。

2013 年 1 月

冬天的阅读

1
有人带着斧子走向树林,
桥梁和道路无人看守。

晨光稀薄,寂静发苦。
我们在继续失去,
先是声音,接着是声音中
灼热的属性。

2
我读一本白银时代诗人的传记,
书页间,他们面孔模糊。
天太冷了,雪人
想从冬天里跑掉。而那些
不曾成为雪人的雪
像空白的纸,
没有被赋予行动的能力。

3
每天,都有裹紧大衣的人
从街口走过。
幽暗的街口,像我们生活中
坏掉的部分,又像是
冷雾中异国风情的插图。

过街的人里,藏着小丑和编剧,
每当红灯亮起,就会有
提前出现的观众在他们心中尖叫。

另一条街道上有座空房子,因为
曾经是剧场而空空荡荡。

4
在相似的冬天,旅者裹紧大衣,
走过月亮的人如履薄冰。

现在,是阅读的间隙,
让我来说说我快乐的邻居,一个
有少女表情的老男人。
他喜欢唱老歌,喜欢

喝水声、咀嚼声、挖掘机的怒吼……
他认为，唱老歌让人熟能生巧，而且
使用的是别人的声带。

5
失传的谚语秘密活着。
制怒者，因软弱而伴生的羞愧感
愈加严重。

每个周末，都有人在郊区冻僵，
他们绝望于
河流已丧失的挣扎本能。

6
天越来越冷，
雕像没有生还的希望。

有人在咳嗽。这是
谈到某个问题时就会出现的
遗传性疾病。

书页摊开，文字里的场景

摊开,像在等待更好的处理方式。
而一翻动,它们就会变成往事。

7
语言是另一个国度,
吹向我们的寒风一直被称为
来自西伯利亚的寒流。

整个冬天,关于我们的未来,
天气预报都在不断给出答案。
书中,有人在流放地徘徊,
而沃罗涅日的铁栅上,海鸥
无声地飞,像隐忍的听觉。

8
也许有人能活在不同的时代,
某个早晨,陌生人
会突然出现在我们面前。

他带来的恐惧,
超过了我们自小熟知的范畴,因为
他们不会汉语,

而且这是白天。

9
手提斧子的人在树林里忙碌，
挖掘机在街道上吼叫，
而真理是什么？
是一种气候？
是无记忆但敞开的街道？还是
树林中，空缺守着的那份沉默？

10
在我断续的阅读中，
室外，水造出了漂亮的雪花。

合上书本如合上风暴。刀子和冰
都恢复了逼人的想象力。

2013 年 11 月

湖畔散步记

1
现在,我们已是平静的人,
虽然一排排波浪如磨损的齿轮。

小岛上,眺望远方的巨石,
像来自某个实验室的物种。
它们一面被磨平,用来刻字;另一面
保持粗糙的原貌,像不知道
背面发生了什么事。

2
现在,我们已是湖畔散步的人,
脚步声有节奏地拍打着湖岸。

而水在爬行,带着时间的肋骨。
——阵阵晚风拖来了
一个古老秘闻里锁链的声音。

当我们散步,没有脚的光也在
水的硬壳上行走,斩首后的浪波连缀出
漂亮的花边。

3
某些时辰,有人
试图清洗掉手上的疤痕,试图
把秘密的疼痛还给水。
当水的灵魂气泡般破裂,
陌生的反光像纷乱的倒影。

另一些时辰大风吹动,波涛
滚动如纸张,湖像一个狂热的新思潮
生产车间。这影响到了它既有的
内心结构:它也想站立起来,
从高处,俯瞰
街道和庭院里发生的事。

4
恍如所有事都过去了,但年月
仍在不断来临,不断取走

钟表里的废墟，和闪烁湖心虚构的
刀斧之光。

柳树的倒影在水底晃动。
星辰也常出现在那里，仍有
幽暗的预感守候着寂静，在为
未命名的事物梳理根须。

5
最后，我们一起来这湖边散步，怀揣
密函的一群，心里
藏着令人吃惊的宁静。

是的，湖水已轻如一封信。
多少风浪，已被扁平的纸张吸收，
纤维间的文字，带着危险的沉默
和神秘浮力。在世间，

它要重新寻找可以投递的地址。

2014 年 1 月

翠云廊

剑阁段古蜀道蜿蜒三百里,路旁多苍劲古柏,号翠云廊。

1
述说之前,你首先得保证,
有种东西不会被词语触及。比如,
它比国家早,或者
混迹于历史却不会被
任何朝代框住。

它已向时间道过别。
——故事化的世界被它抛在身后。
你一次次从它面前走过,但已想不起
它是何种秘密。

2
这样的一棵树：要六个人
伸开双臂才能将它箍住。

——树皮粗糙。但比起从中心
开始的膨胀，难堪的边缘更接近真谛。
——伪君子、枭雄、自大狂，站在
东山之巅小天下者……
都已消失。最后，剩下的是六个
伸开双臂的人。当风

把波浪赠予高大树冠，感受力在那里
遽然醒来：一个旋涡
把无知的天空猛地拉向水底。

3
绿云奔赴，裸根像脚踵。
但年月粗疏，源头不可知，途径
已被转移到假设中。
一支古歌不会带来和解。
年轮里的异族有不一样的初衷，他们
怀抱着危险的断代史。

也没有用以宽容的阔叶，
所有事件，越到细枝末节，越尖利。
爱和恨曾有具体的主人，后来，
全都转赠给了假面。
唯有看似不真实的雾气，
要不断挣扎着才能活下去。

4
浓荫匝地。一条路
中断又接续：
经过的无限性把它反复折磨。

人迹罕至，则生沟壑，
——遭到破坏的经验带着遗言的质地。
有些地方彻底毁掉了，
像失踪的记述：留下大段空白，
却无法进入。唯一能确定的，
是那里曾出现过种树人。

5

我们在浓荫下徘徊,滞留在
恍惚又漫长的对抗中。
"有种东西像水,泼掉后,
仍能从尘沙和石板上捡回……"

我们继续徘徊,猜中过一棵树
在想什么,但猜不中
它的影子在想什么。

我们绕着一棵树打转,观察它的
阴面与阳面,
但不包含它的影子。
"何种问题
如此稀薄以至于不需要阐释?"

枝柯交叠、晃动……
"哦,问题也许已解决了,剩下的,
只是一个虚拟的语气。"

6
像一座书架上书籍的排列,
所有事物都已陷入沉思。
结局中,时间恢复了坚毅的面孔,
随时准备重新开始。就像

风突然起身,带着新生的膝盖。
——它越过我们,去赴一场
前世的约会。
——群山失散多年,栈道
是始终未完成的古别离……

"那雨一样落下的是什么?"
鹧鸪提问,无人应答,
能开口的斧子已在多年前离去。

2015 年 5 月

捉 月

> 李白著宫锦袍,游采石江中,傲然自得,旁若无人,因醉入水中捉月而死。
>
> ——据《唐摭言》

1
江面很平,
看上去能放稳一张酒桌。

最难的也许就是这样了:
平静的江面按下鱼龙,
和其深不见底的万古心。

旁若无人的激流,
曾被轻轻吟哦驯服,又毁于
纵身一跃。
——谋杀,是种旷费已久的抒情。

2
微澜在散步。但一排
突然的巨浪会打断它——

没有一首诗能留住月亮;也没有一条江
能比一首诗做得更好。当你
在险象环生的错觉中活着,
哦,你死期已至。

死期已至:你悲怆的一生仍只配
浊酒、八荒、行路难。
不管你曾怀抱过什么,仍无法把它们
置换成明月。

3
仿佛磨损所致,星星
又小了些。而月亮走动,浩瀚黑暗
在吮吸它的光。

像一枚酒器同时也像
一位远方来客,

在西窗外，在江心中，一点点减隐
复圆满，直到

把疼痛全部转化为隐痛。
在古老的美学中它是
因无人认领而失踪的苦难：
摒弃了流变、旋覆、重置的天空。
为使自己无罪，它在最深处
滑出人世，

避开了伸向它的手。

4
在那平静的江面上，燃烧过的光
像一层灰烬。

沿着一叶扁舟弯曲的弧线，
水底的苍穹在慢慢拱起。

光阴焚毁。寂静如宿疾。
带着醉意的风，一直在为一只大袖吹。

失效的嘴唇，
不断将天空和水触碰。

2015 年 7 月

藏地书

雅鲁藏布江

白云飞往日喀则,
大水流向孟加拉。
昨日去羊湖,一江怒涛迎面,
今天顺流而下,水里的石头也在赶路。
乱峰入云,它们仍归天空所有。
——我还是在人间,
我要赶去墨脱城,要比这流水跑得快,
要赶在一块块石头的前面。

尼洋河·之一

米拉山口,经幡如繁花。
山下,泥浪如沸。

古堡不解世情,

猛虎面具是移动的废墟。
缘峡谷行，峭壁上的树斜着身子，
朝山顶逃去。

至工布江达，水清如碧。
水中一块巨石，
据说是菩萨讲经时所坐。
半坡上，风马如激流，
谷底堆满没有棱角的石子。

近林芝，时有小雨，
万山接受的是彩虹的教育。

八廓街玛吉阿米小店

靠在爱人肩头就会变成月亮。
走过茫茫雪域的人，
在一架窄小的楼梯上迟疑。

有人在寺庙里点灯，
有人像个暗影从拉萨城穿过。
如果有来世，我也愿转山，转水，

磕等身长头,
在小街的尽头与你相遇。

如果变轻的躯体一遍遍
被人间借用,我也愿化作这
啤酒的泡沫,或者
把心跳遗忘给一首曲子。

——我也愿与这一切无关,
比如现在,怀抱星群,无声无息,
坐在幽暗尘世深处。

黑白石子

从前,西藏有个强盗
叫潘公杰,杀人越货许多年,
幡然醒悟,剃度礼佛。
他修行的法子是:
心有一善念,面前放一白石子,
心起一恶念,面前放一黑石子,
待石子尽白,他已被叫作
高僧潘公杰。

公元 2015 年，我来西藏，
见冰川、戈壁、河畔多石子，
大者如斗，小者如指，为风
和流水造就。
于是想起潘公杰，于是想起
以流水之慢，祛恶如剥皮，
以风沙之快，持善如诛心。
一双杀戮的手到最后
攥紧的是来自石子的细语。
而黑与白，每次微小的移动，
宗教与人心中
都有雪崩生，有高原起伏。
指尖冷，天堂远，地狱
始终不远不近跟着。

尼洋河·之二

白云各有所爱：爱青山，爱苍穹，
有的，不高不低飘着，
爱着我们不知道的东西。

流水只有一条：出错木梁拉，过万重山，

曾混浊暴走，曾如小溪，
流经我们面前时，已放慢脚步，
开阔，清澈，如一块软玉。

在这天地间，有的事物镇定，有的事物着急。
而尼洋河爱的是什么？
它来自白云，将在林芝的则们
汇入雅鲁藏布江。
——我们已经知道它要去哪里，
我们仍不知道它要去哪里。

山中小寨

下午三点，白云轻，
小径的静止像是假的。

牛羊散落，柴垛整齐，
几个村民经过垭口。
下午三点，阳光已找到要找的人，
涪水如小溪。

古木在深山里腐烂，断崖下

有乱石一堆。
所有灾难都过去了,下午三点,
风是一件礼物,
通灵的人戴着面具。

下午三点,经幡摇动,
杜鹃花开在人间低处,
积雪被遗忘于高高山顶。

玛曲

吃草的羊很少抬头,
像回忆的人,要耐心地
把回忆里的东西
吃干净。

登高者,你很难知道他望见了什么。
他离去,丢下一片空旷在山顶。

我去过那山顶,在那里,
我看到草原和群峰朝天边退去。
——黄河从中流过,

而更远的水不可涉，
更高的山不可登。

更悠长的调子，牧人很少哼唱，
一唱，就有牦牛回过头来，
——一张陌生人的脸孔。

甘南

在甘南的公路边，
时见磕等身长头的人。我据此知道，
雄伟庙宇和万水千山，都曾被
卑微的尺度丈量过。所以，
多风的草叶里阴影多，
低矮的花茎上有慈悲。
青山迤逦，披单殷红，走在
甘南广袤的草原上，我只能是过客。
有次，友人向我说起漫游，说起酥油花
怎样离开了寒冷的手指——
那是在拉卜楞寺的高墙外，我偶尔抬头，
见乱云如火烧，天空
又长出了新的羽毛，使古老大地，

仍像一个陌生的居所。
无名的高处，万象摇晃，一直
都比想象的要深邃得多。

闻笛

猛虎跑过未知的年代，
洪水潜入经卷，和更早的生活。
沙棘刺坚硬，当归花是失而复得的礼物。
接骨木沉沉的，仿佛
有种忧伤已得到安慰：让它舒展枝叶的
不是水，是蓄积已久的苦痛。

在郎木寺外的山崖下，听见
一阵飘忽的笛声，仿佛来自某个遥远、未知的口唇。
它吹着蓬草，吹着干彻的了悟，
吹着失败者，向他心中无人收拾的刀斧致意。
小沙弥的袍子又大又宽松，笛声
吹着他，向他不谙世事的清新致意。

2017 年 1 月

发辫谣

牧场·之一

大野苍茫,牛羊安静,
一只鹰在高空盘旋,它内心的远方
不可描述。当它
消失在天际,我意识到:有些细小的影子
已投身在另外的生活中……
而在此地,碎花耀眼,与旋律交错的东西迷人。
——绿继续在幻觉里伸展,一位云游的神
已化身轻风,借助水甸,爱着辫发少女腹内的甜蜜,
借助谣曲,爱着远走他乡的人。
——正是天意爱戴的岁月呀,雨水
明亮又澄澈——
……清芬滑动,爱了的人妩媚,
草尖上,水珠享用其微凉的一生。

过洮水

山向西倾,河道向东。
流水,带着风的节奏和呼吸。
当它掉头向北,断崖和冷杉一路追随。
什么才是最高的愿望?从碌曲到卓尼,牧羊人
怀抱着鞭子。一个莽汉手持铁锤,
从青石和花岗岩中捉拿火星。
在茶埠,闻钟声,看念经人安详地从街上走过,河水
在他袈裟的晃动中放慢了速度。
是的,流水奔一程,就会有一段新的生活。
河边,錾子下的老虎正弃恶从善,雕琢中的少女,
即将学习怎样把人世拥抱。
而在山中,巨石无数,这些古老事物的遗体
傲慢而坚硬。
是的,流水一直在冲撞、摆脱、诞生。它的
每一次折曲,都是与暴力的邂逅。
粒粒细沙,在替庞大之物打磨着灵魂。

嘉峪关外

我知道风能做什么,我知道己所不能。

我知道风吹动时，比水、星辰更为神秘。

我知道正有人从风中消失，带着叫声、翅、饱含热力的骨骼。

多少光线已被烧掉，我知道它们，也知道

人与兽，甚至人性，都有同一个源泉的夜晚。

我的知道也许微不足道。我知道的寒冷也许微不足道。

在风的国度，戈壁的国度，命运的榔头是盲目的，这些石头

不祈祷，只沉默，身上遍布痛苦的凹坑。

——许多年了，我仍是这样的一个过客：

比起完整的东西，我更相信碎片。怀揣

一颗反复出发的心，我敲过所有事物的门。

春风斩

河谷伸展。小学校的旗子

噼啪作响。

有座小寺，听说已走失在昨夜山中。

牛羊散落，树桩孤独，

石头里，住着永远无法返乡的人。

转经筒在转动，西部多么安静。仿佛

能听见地球轴心的吱嘎声。

风越来越大，万物变轻，
这漫游的风，带着鹰隼、沙砾、碎花瓣、
歌谣的住址和前程。

风吹着高原小镇的心。
春来急，屠夫在洗手，群山惶恐，
湖泊拖着磨亮的斧子。

牧场·之二

群山起伏，云慢了下来，
清风来自天空、小路、水洼。某些
存在过的事物散而复拢。

帐篷更白，栅栏更稀疏。最好的爱，
是留在青草上的一场细雨。
玛尼堆湿漉漉的。我站在山坡上，像站在一阵
要仔细听，才能听到的琴声中。

铜器发亮，经幡的声音又湿又重。
水流在山涧里冲刷。在一再出现的早晨里，
无记忆的水，既清亮，又喧闹，有种

不曾与任何事物结合过的纯净。

神山

大地是沉默的乐器。
无数石头,死在了不朽的岁月里,并已
成为另一个世界的中心。

蓝色深渊在高处回荡,某种
不明的声音也一直在回荡。
我立足的山坡,一半明亮,另一半
在昏暗中长眠。
作为讲述者,它们所持不同,并试图
把那不同向我们传递。
云朵滚动、消散,内心的界限一再被冲破……

风不停。远方的雪凝望得久了,
有点儿恍惚,仿佛有另一座山耸立在
比雪更远的远方。在那里,
某种永恒的沉寂构成过宗教,并熟知
时间的源头。

采药人

在半山腰遇到采药人,
他坐在那儿歇息,草药上沾着新泥
和隐秘的悲悯。

他在抽烟。熟悉药性的目光
有种疲惫的淡漠。让我想起
山下小镇里简陋的药铺,以及
许多噼啪作响的小抽屉。

病榻、叩首者、山羊平静的脸,它们
总会在一阵风中重逢,在一枚
秤砣冰冷的心中重逢。
——太多的人已在岁月中走散,
带着预感和祈祷的低语。

面对呼唤,希望和疑虑都有迟疑的脚步。
老旧、前世般的药篓,越来越像
一个懂得了时光和尘世的人。

星

旅馆小院的墙角里,放着一堆陶罐,
一道道裂纹,正在穿过它们缓慢的余生……

果树在野外摇晃,每颗果子里
都住着一颗星;每颗星里,都住着失踪已久的人。
挂在墙上的壁钟有时会
咔嚓一响,吃掉它等待已久的东西。

鸟雀飞,山顶发蓝,空气中
有时会充满模糊的絮语,可阵阵北风,
正在把所有的嘴唇合拢。

破旧的陶罐,也许能认出某些人的原身。
但没有一种语言,能描述星星
一颗一颗,从天空中褪去的那种宁静,那种
你刚刚醒来,不知怎样开口说话的宁静。

牧场·之三

没有时间概念的风吹着,

若有若无的马头琴声,搬家的虫蚁,古老石兽
陪伴着倾颓的石柱。
夜从左边开始,轻寒飘忽,幸福
像是液态的。暮色侧着身子,
我们体内有个陡峭的斜坡。

——别交谈,让天堂里的人交谈,我们
只需靠在彼此的肩上。
什么样的岁月覆盖了人间?夜滑动如同
不知我们的存在,望着
满天星颗我心绪平静。岁月隐没,
永恒般的耐心悄然无声。

伊犁河,记梦

当我爱你,流水带上了
清凉记忆,碰到什么
什么就会变得潮湿。

雪峰在水中摇晃着倒影。
——天堂就在低处。
当我爱你,爱边疆,爱草甸,

爱细雨和风吹……
沙枣花有感恩的心痛。
我的爱马群般难以控制。

西部如寂静婚床。
当我爱你,我确信:
我有一份世上最大的爱,
我在用它爱着你,顺便爱了
一路上碰到的微小事物。

发辫谣

光阴再现:它从少女们
河流般的发辫开始了……

从脚踝,到篝火的跃动,
从陶罐,到回鹘商人苍老的胡须。
……长裙上碎花开遍。乐声
滑向少女那神秘、未知的腰肢。

一曲终了,断壁残垣。回声
盘旋在遥远而陌生的边陲。

——追忆韶华是容易的。难的是怎样
和漫长寂静在一起。怎样理解
所有人都走了,一轮明月
却留了下来——
……像被遗忘在天顶。现在,
所有空旷都是它的。

砾石

我们不要的空旷归于砾石,
我们不要的沙归于砾石,
我们不要的大风归于砾石。

在北屯的小酒馆,
我们谈到一个失踪的人,谈到
一个从不曾取得过联系的世界:我们的探询
接近过它看不见的边缘。

——不再接受追问。那拒绝
后来者的路归于砾石。

牧场·之四

光线轻，蓬草更轻，
河滩上，那个骑马的人有灰岩般的背影。
草丛间，蹄迹疏淡，岩石和树林
都有干净、看似空寥的喜悦。
群鸟低飞，蝴蝶如枯叶，水在页岩间颤动。
——仿佛是一只核桃的前世，果实，
已从落花中获得形体。
像某种召唤，天宇湛蓝，空旷，没有边界。
古老的传说在村寨间流传，
一丛格桑花，带着羊群从天际归来，
八月的人间平安无事。

晚读西域史

在西部，月亮同样令人不安。
那是带着虚妄的荣耀，黑暗的、
从无数人肺腑中流逝的月亮。

它再次来到古堡，像一个故人。
来到灯下，在书中不同的朝代里走动，

你翻一页,它就跨过一个国度。

在彩插上,它照着一群战功无数的武士。
——所有的武士都身披月光,
阵阵微风把他们
满身的黑铁一再吹乱。

阿尔泰山古岩画

梦归于舞者。
兽类和星座是相似的种族。
这些,已被刻在石头上,
同草穗、风刻在一起。

——看不到远和近,
地平线与国家均不在其中。
在那样的空间里,夏日更古老,
并知道要和什么在一起。

那是鹿角和弯弓都倔强的世代。
黑暗浩渺,草穗闪光,
从中穿越的风,不着边际,

却有种值得信赖的直觉。

丝绸古道

闷雷过后,仿佛
整个西域的宁静,在一棵薰衣草的花瓣上
轻轻晃动。

机械早已取代了马匹。骑着骆驼慢走的人
是远来的游客。
一个司机告诉我,发黄的经书里有未知的生活。

现代的商贾也会耽于宿醉。乐声永远是个谜。
当羊皮鼓响起,热瓦普响起,阿克苏
重新成为一座遥远的城。
歌声中,武士复活,他们手持弯刀,
砍下兽首,跨过大漠,追逐财宝和仇人的头颅。

在那些很久没有人走过的路上
你才会明白,热血曾经大于真理,公主
等同明月。
早已消逝的黄昏里,有信仰,有杀戮,

落日和僧侣,愿意在卡龙琴的弦上死去。

牧场·之五

风很大,云不动。
这风,是吹给我们的。

草动,草里的石头不动。牛羊动,
光阴一寸一寸移动。马有些迟疑,
马一动,江山就动。

风吹着天际线。此刻,
所有的歌谣、传说,
都想借助远方的一根弦发声。

草原起伏,而青山不动。
青山后面是雪山。
雪如涌浪,浪里,
豹子般的黑岩一动不动。

篝火

手鼓急促,花朵灼热。
天黑透了,胡杨林在黑暗中静静地
守着新的光源。

手鼓在响,一条大河在天空中转弯。
——如此良宵,祈祷的人,饮酒的人,从天堂上
下来的人,大家围在一起歌唱……
火光耀动,穆塞莱斯闪着光。

多年前我就告诉过你,心怀伤痛者
必眼噙热泪。
多年后我还会告诉你,走过新疆你并不孤单,
爱如粗砂,如火中取栗。

沙漠

——这从消逝的时间中释放的沙,
捧在手中,已无法探究发生过什么。
每一粒都那么小,没有个性,没有记忆,也许
能从指缝间溜走的就是对的。

往事属于革命,无边荒凉属于失败者。
只有失去在创造自由,并由
最小的神界定它们的大小。而最大的风
在它们微小的感官中取消了偏见。

又见大漠,
又要为伟大和永恒惊叹。
而这一望无际的沙,却只对某种临时性感兴趣。
沙丘又在地平线上移动。任何辉煌,最后,
都由这种心灰意懒的移动来完成。

源头

明亮的事物总漫不经心。
河边,戴头巾的少女在洗涤织物。
木舟划向树林。马的鬃毛,也像光芒一样流泻在水中。

也许,这就是我们早已失去的时辰,
像镜子、新鲜的日出。欢乐,像借由浪费产生的涟漪。

——我也曾以为,那错过、忽略的,都能

凭借奔腾的争斗取回。
可无数浪涛已平静下来，带着对不在场事物的依恋。
静谧水湾收留了倒影，也收留了
我们一路丢弃的艰辛。

2016 年 1 月—2017 年 11 月

蝴 蝶

1
蝴蝶在飞。
带着蝴蝶的念头。

蝴蝶离去。
看似空无一物的空间,
有了难以被察觉的内容。

2
飘忽,但准确,
这是蝴蝶的方式:
突然转向;或在
一连串闪回中将风暴提走。

3
静立:为方便
风的阅读,一枚书签微微

斜着身子。

当它扇动翅膀,情节
全乱了。有个读者困在其中,
扑动着,想要
从迷宫深处摆脱出来。

4
童话笨重,
譬喻不真实,
它掠过街道、天线、生锈的深渊……
花园有一张逝者的脸。

5
蝴蝶在飞,星球
在它翅膀下向后滚动。
当它落下,当那些
庞大之物意识不到它的在场,才开始
自行转动。

6
我知道蝴蝶怎样处理尖叫。我知道

脚爪的抓握可以止声,
而飞行能让痛苦轻盈。

7
蝴蝶扇动翅膀:蝴蝶的致意。

蝴蝶停落,某种
焦灼感释放后的宁静,缓解了
万物的不安。

8
我知道,一直有人在它
不断闪动的翅膀后面生活,使用:
假钥匙、
纸折痕、
雨滴、
旧旗子、
钢丝、
闪电、
偏僻乡镇的小道消息。

当它朝前飞,他们栖身于

它抛在身后的记忆。

9
废墟适合沉思,但只有蝴蝶
飞行的曲线能穿过死结。

……灾难也许已过去了
但这光斑、色彩,匠心与图案……
仍像个热闹的集中营。

10
蝴蝶在飞,
几何学学习怎样生存。

蝴蝶在飞,
模仿者筋疲力尽。只有我们一再
谈到的艺术,
感到了被珍惜。

11
吸食少量的蜜,
不说话。

再排练一遍吧,春天
多么美好——
除了朗诵,它还带来了
天气、花粉、盲人的曲谱。

12
蝴蝶在飞,
回忆需要征得时间同意。
而面具是必要的,它保证了
沉默者回到众人中间时
不为人知。

13
蝴蝶合翅,
它还不曾确定什么。

蝴蝶合翅,音乐带着安慰,
倾听者在分析得到的安慰。
钟表挥霍时间,
拖后出场的人避开了命运。

14
蝴蝶合翅，
镜子深处，癌细胞谈论过的爱，
已变成完美的方程式。

蝴蝶合翅，
在死亡的时辰，
在苹果腐烂的时辰，
在死者们
对活人说过的话有异议的时辰。

15
蝴蝶合翅。某种
从我们生活中被拖走的东西，
已经得到很好的看护。

蝴蝶合翅，
两岸离去，树林离去，
许多事物消失，
唯有蝴蝶无处可去。

16
蝴蝶不在时,要证明
蝴蝶曾存在是困难的。
睡眠被吞食,梦无辜,要证明
香气那垂危的手
是困难的。

17
空气沉湎于无形的存在,
但触碰你的是连绵波浪。

一场大雾来自
颅骨小镇
那孤独的彩窗。

18
没有著述,
甚至没有词。

没有蝴蝶讲述蝴蝶。
所有瞬间,靠一种
意义不明的瞬间延续。

19
爱在布上乱画的人,把眼睛
画在蝴蝶的翅膀、肋部……

当蝴蝶飞舞,这个
生不逢时的人
闭着眼。他要在
一块布上等蝴蝶归来。

20
没有人能说清
蝴蝶怎样消失,
又怎样出现。

它一再出现,
送给我们活下去所需要的时间。

21
蝴蝶出现,征兆出现,
远远地,当未来
提前转身,
蝴蝶献出难以把握的侧影。

当它重新起身，一对
斑斓的大翅膀，
比预言和果实都轻。

22
那去寻找蝴蝶的人，
有一个需要驾驭的梦。

他找到的
是一个惊骇驾驭者：它刚刚
从生活中归来，因处理
大量悲剧而获得了宁静。

23
蝴蝶起飞，从结局
返回序曲。
——它修长的腹部熟悉又陌生。

24
蝴蝶继续飞，
帮助风找到新的开端，

帮助光找到它的关节。

蝴蝶继续飞,
我们的脑袋被幻觉取走。

25
蝴蝶张开翅膀,
猴子和猫,
在困惑中练习绕口令。有时

翅膀已经打开到极限,
仍嫌不够:它对自己内部
那太深的空间
有了恐惧。

26
翅膀变大。一再
用于开始的翅膀,其煽动性
总是意犹未尽。

而身体更小,
像个小抽屉,像躲在暗处可以

抽动的源头。

27
一只蝴蝶是事实,
两只蝴蝶
就挣脱了那事实。

当蝴蝶在飞,过往变成了
某种可以描述的东西。

28
不征服。
无目的的飞行才构成道德。

有灾难,有蝴蝶在飞,
但无人对此作出解释。

29
哀歌过于谦逊,赞美诗
有隐秘的傲慢。
而蝴蝶知道另外的空间,
它飞上去,为它

别上漂亮的领结。

30
蝴蝶在飞,神话无用。
——蝴蝶的翅膀越来越薄。
那从思索里抬起头的人,
眼望蝴蝶如眼望处方。

31
看见蝴蝶,
就看见了另外的生活。

看见蝴蝶,人呀,
你已度过了你的一生。

32
蝴蝶在飞,
颂歌献给少数派。

蝴蝶在飞,
挽歌不漏掉任何人。

蝴蝶在飞。

狂喜过剩,表格如谎言。

蝴蝶在飞。

一份移动的契约。

33

当蝴蝶在飞,

它已拿定了主意。

当蝴蝶在飞,

——有本日记我们从未读过。

纹身人,

躯体陷入他不相信的一切。

34

蝴蝶在飞,哨子沉默。

蝴蝶,像来自世界的另一面。

它忽闪翅膀,在一连串比喻中

隐藏自己。

——你意识到有什么正在发生,

但不清楚那是什么。

35
蝴蝶停在一面白墙上。
白墙,一直站在蝴蝶这边。
静止与飞行,把两者都累坏了。

36
蝴蝶再次停下,
像谜语的切片。
当它从远方归来,一动不动,有种
不完整的东西在其中流浪,
神秘,居无定所。

37
逻辑学、神学、注解学,
无法驯服的痛苦,早衰的爱……
只有蝴蝶是独立的存在。

作为旋转者,
它划过等待确定的中心。
作为静止者,

它的灵魂在更远的地方散步。

2018 年 7 月

鼓

1
之后,你仍被来历不明的
声音缠住——要再等上很久,比如,
红绸缀上鼓槌,
你才能知道:那是火焰之声。
——剥皮只是开始。鼓,
是你为国家重造的一颗心脏。
现在,它还需要你体内的一根大骨,
——鼓面上的一堆颤栗,唯它
做成的鼓槌能抱得住。

……一次次,你温习古老技艺,并倾听
从大泽那边传来的
一只困兽的怒吼。

2
刀子在完成它的工作,

切割，鞣制。切割，绷紧……
刀子有话要说，但我们从未给它
造出过一个词。
切割，像在沉默中研究灵魂。

鼓，腰身红艳，每一面
都会发出不同的声音。据说，
听到血液沸腾的那一面时，你才能确认
自己的前世。而如果
血液一直沸腾，你必定是
不得安息的人，无可救药的人，沉浸于
内心狂喜而忘掉了
天下的人。

3
鼓声响起，天下裂变。回声
生成之地，一个再次被虚构的世界，
已把更多的人投放其中。

鼓声响起，你就看见了你的敌人。
鼓像一个先知，在许多变故
发生的地方，鼓，

总是会送上致命一击。
——制鼓人已死在阴湿南方。

而鼓声流传：有时是更鼓，
把自己整个儿献给了黑暗。有时
是小小的鼓，鼓槌在鼓面
和鼓缘上游移，如同
你在恫吓中练习甜言蜜语。

有时是一两声鼓吹，懒懒的，
天下无事。
而密集鼓点，曾在一瞬间取走了
我们心底的沉默，和电闪雷鸣。

4
守着一面衰朽、濒临崩溃的鼓，
你才能理解什么是
即将被声音抛弃的危机。
——鼓，一旦不堪一击，就会混淆
现在和往世：刀子消失，舍身
为鼓的兽消失，但鼓声
一直令人信服——与痛苦作战，

它仍是最好的领路人。

5
一个失败者说,鼓是坟墓,
一个胜利者说,鼓是坟墓。
但鼓不埋任何人:当鼓声
脱离了情感,只是一种如其所是的声音。

鼓声,介于预言和谎言之间。
它一旦沉默,就会有人被困住,
挣扎于已经不存在的时辰。

2019 年 6 月